행복하세요,
아프지 말고
2023 가을. 장정원 드림

사장톨마트

장정원 대본집

사장돌마트 *vol 1.*

만약, 잊혀졌던 아이돌이 갑자기
사고 현장의 의인으로 TV 뉴스에 나온다면?
그를 보며 많은 궁금증이 들 것 같았습니다.
대체 그는 왜 사고 현장에 있었던 것일까?
지난 몇 년간 무엇을 하며 살고 있었을까?
아이돌의 꿈은 접은 것일까?

이러한 사소한 호기심에 상상력이 발동되어
'전직 아이돌 그룹의 마트 사장 도전기'가 담긴
「사장돌마트」가 탄생했습니다.

아이돌 그룹 '썬더보이즈'는 10대 시절 만나
하나의 꿈을 향해 달렸습니다.
그러나 불의의 사고로 꿈이 좌절되고
그들은 각자의 현실 속으로 뿔뿔이 흩어져 버립니다.
꿈이 전부이던 10대를 지나, 서른을 바라보는 길목에서
다시 만났을 때, 그들에게 현재 중요한 것이 무엇이냐고 묻는다면
어떤 대답이 돌아올까요?

그 답이 돈이어도 좋고, 사랑이어도 좋고,

행복이면 더 좋겠다고 생각했습니다.

그러한 바람을 「사장돌마트」 구석구석에 담아보았습니다.

거창한 꿈을 꾸지 않아도 살 만한 인생이라는 것을,

현실 속 수많은 썬더보이즈에게 보여주고 싶었습니다.

처음 대본집을 제안받고 많은 고민을 했습니다.

「사장돌마트」는 수많은 스태프들의 열정이 모여 만들어낸 작품인데,

그분들의 노고를 걷어내고 대본집을 공개한다는 것이

마치 화장기를 걷어낸 민낯을 내보이는 건 아닌지 망설여졌습니다.

그러나 드라마를 영상으로 만나는 것과 글로 만나는 것은

또 다른 영역의 재미가 될 것이라 생각하고 용기를 내었습니다.

부족한 초보 드라마 작가의 글을 함께 고민해 주었던

고유경 팀장님, 박상은 피디님, 그리고 이유연 감독님.

모든 시작점에서 저에게 가장 큰 힘이 되어 주시는 오환민 대표님.

그 외 「사장돌마트」의 영업을 위해 노력해 주신 모든 스태프 분들에게

감사의 말씀을 드립니다.

「사장돌마트」에 잠깐이라도 들러주신 모든 분들에게

마지막화의 부제로 감사의 말을 대신합니다.

각자 어느 계절을 지나고 있든,

행복했으면 좋겠습니다. 아프지 말고.

contents

꿈이냐, 현실이냐. 모든 20, 30대 청춘들의 갈림길

10대 시절엔, 꿈이 세상의 전부였다.

꿈은 컸고, 열정은 뜨거웠다.

세상의 주인공이 되기 위해 모든 것을 걸었다.

20대가 되었을 때, 비로소 찐 현실을 마주했다.

세상은 꿈의 스테이지가 아니라, 정글이라는 사실을.

온몸으로 부딪혀 마음의 생채기가 생기고 나서야 깨달았다.

신비주의가 걷힌 나의 20대엔 일도, 돈도, 사랑도 없다.

한때 아이돌이었던 청년들.

화려한 조명 아래서의 삶을 꿈꾸었지만,

스포트라이트란 소수의 사람을 비추는 것.

그저 주변부에서 그림자로 살다 무대를 내려와야 했던

아이돌 그룹 '썬더보이즈'

오직 하나의 목표만을 향해 전력질주했으나,

갑작스러운 그날의 사고는 그들의 레이스를 강제 종료시켰다.

그로부터 5년이 흘렀다.

(어느날 그들 명의의 마트가 나타났다!)

10년 전의 추억이 서린 경기도 외곽의 낡은 보람마트.

운명은 그들을 다시 이곳으로 모이게 했다.

그때는 아이돌이었고… 지금은 '사장돌'이다!

그곳에서 다섯 명의 사장돌은

마음속 트라우마를 극복하고

청춘의 열정을 되찾을 수 있을까?

보람마트

#10년 전

아이돌 그룹 썬더보이즈의 연습실은 경기도 외곽에 있었다.

"우리도 강남에서 연습해요~ 왜 이딴 시골에서 연습해요?"

"싸잖아."

그랬다. 1위 하면 강남 연습실 보내준다 했다.

'1위 해서 강남 가자' 연습생 시절 구호가 됐다.

연습실 건물 바로 옆엔 보람마트가 있었다.

암울했던 연습생 시절.

보람마트에 가는 게 멤버들에겐 가장 행복한 시간이었다.

#현재

추억에 젖어 보람마트를 찾아간 멤버, 호랑.

이제는 낡고 허름한 모습을 마주한다.

불 꺼진 보람마트. 뭔가 가슴 한편이 시리다. 서글프다.

마치 지금의 자신을 보는 듯하다.

그런데 가까이 다가가보니, 마트에서 연기가 새어 나오고 있었다.

최호랑, 아이돌 은퇴 후 세상의 문을 닫고 조용히 살아왔는데…

이런 식으로 5년 만에 방송 출연을 하게 될 줄은 몰랐다.

그는 마트 화재의 목격자이자,

불길로 뛰어든 용감한 시민으로 뉴스에 얼굴이 나가게 된다.

이 화면을 같은 멤버였던 신태호가 보게 되고,

5년 만에 썬더보이즈 멤버들은 보람마트에서 재회한다.

#마트 영업 개시!

얼떨결에 보람마트를 인수하게 된 썬더보이즈 다섯 멤버.

모두 급전이 필요한 상황에서 마트를 빨리 처분하고 목돈을 챙기고

싶은데 마트를 인수하겠다는 사람이 쉽게 나타나지 않는다.

아쉬운 김에 마트 물건이라도 헐값에 팔아

현금을 챙겨야겠다고 생각했다.

그리하여 동네 역사상 가장 큰 대박 할인이 펼쳐진다.

폭탄 세일로 현금의 달콤한 맛을 경험해 본 멤버들.

마트, 별거 아니네? 이참에 장사, 해 봐?

마침내 본격적인 마트 영업에 돌입한다.

보컬, 댄스, 랩 각자의 포지션이 있었던 것처럼

정육, 수산, 청과, 음료, 캐셔로 나눴다.

다시 인생의 레이스가 시작됐다.

첫 레이스는 아이돌, 이번 레이스는 마트 사장이다!

10대 때보다 다소 소박해진 꿈이지만,

그들은 다섯의 힘으로 마트의 문을 힘차게 열어젖힌다.

기획의도

등장인물

썬더보이즈 리더 최호랑 남, 29세

포지션 : 구 댄서 현 청과

"책임지고 싶어요.
두 번의 실패는 없도록.
그래서 우리 마트가
잘 돼야 해요."

열일곱 살에 아이돌 연습생을 시작했다. 노력성실 개미파로 책임감이 강하고 승부욕도 강해 썬더보이즈의 리더가 되었다. 3년의 기다림이 지나고, 마침내 데뷔를 했을 때 드디어 꿈을 이룬 것만 같았다. 그러나 데뷔 무대를 치르고도 썬더보이즈는 무명그룹이었다. 마침내 데뷔 5년 만에 1위 후보에 올랐지만 바로 그날, 호랑은 아이돌 생활을 마감하게 되었다.

호랑의 인생에서, 세상의 중심이 '나'였던 적은 없었다. 누군가를 위해, 팀을 위해, 맨 앞에서 힘을 냈고 모든 책임을 스스로 짊어지려 했다. 그랬기에 그룹이 해체된 후, 리더였던 호랑은 유독 죄책감에 시달렸다. 이후로, 실패와 상실감이 두려워서 무모한 도전을 시작하지 않았다.

5년이 흐르고, 다시 썬더보이즈 멤버들이 모였다. 보람마트에서 장사를 해보자는 멤버들의 제안에 호랑만이 반대를 했다. 망설여졌다. 겁이 났다. 또 실패를 할까 봐. 또 친구들의 마음에 상처가 생길까 봐. 5년 동안 잘 살고 있었다고 생각했는데, '그 사건' 이후 호랑은 세상 밖으로 한 발도 내딛지 못한 채 스물다섯에 머물러 있었던 것이다.

아이돌에서, 마트 사장으로. 호랑은 친구들의 손을 잡고 '미친 짓'을 해보기로 한다. 옛 상처를 당당히 마주하고, 우렁차게 세상을 향해 포효한다.

"우르르 쾅쾅, 우리는 썬더보이즈"

썬더보이즈 신태호 남, 29세

포지션 : 구 댄서 현 캐셔

"난 성공보다,

서른이 되기 전에

좀 행복해지고 싶어."

부잣집 늦둥이 아들로 부족한 것 없이 커서 철이 없고 눈치도 없다. 태권도 국가대표 출신인 아버지의 영향으로 어렸을 때부터 태권도를 했지만, 사실 아버지가 무서워서 했을 뿐, 태권도 선수가 꿈은 아니었다. 그러던 중 기획사에서 제안을 받고 아이돌 생활을 시작했다. 열 살 많은 누나는, 게으르고 힘든 일 싫어하는 태호가 연습생 생활을 버티지 못할 것이라고 생각했지만 태호는 즐거웠다. 단지 춤과 노래가 좋아서가 아니었다.

태호는 어린 나이에 엄마를 잃었고, 아빠와 누나는 운동하느라 늘 바빴으며 태권도 선수들끼리는 서로가 경쟁 상대였다. 태호는, 사람의 정이 그리웠다. 그런데 연습생 생활은 그의 외로웠던 인생을 바꿔놓았다. 숙소에서 멤버들과 생활하는 것이 즐거웠고, 그들과 함께 아이돌이라는 같은 꿈을 꿀 수 있어서 행복했다. 호랑은 '1위'에 집착했지만, 태호는 성적에 연연하지 않았다. 그렇게 아이돌로 살았던 시간이 하루아침에 멈춰버렸다. 그룹은 해체되었고, 친구들은 뿔뿔이 흩어졌다. 태호는 혼자가 되었다.

술만 마시면 자기도 모르게 보람마트를 찾아갔다. 그로 인해 경찰서에서 호랑을 다시 만났다. 툴툴댔지만 내심 반가웠다. 어쩌다 시작하게 된 마트 일은 낯설었지만, 그곳에서 태호는 오랜만에 사람의 온기를 느낀다. '사장님'이라는 세 글자가 태호를 조금씩 바꾸어 놓기 시작한다.

썬더보이즈 조이준 <small>남, 29세</small>

포지션 : 구 래퍼 현 수산

"난 흑역사 없는데~

온통 컬러 역사야 난."

강력한 관종 DNA의 소유자로서 외모 꾸미기와 패션에 관심이 많다. 잘생긴 외모에 대한 자부심 하나로 아이돌 기획사에 들어갔으나, 막상 들어가보니 자신은 춤, 노래, 랩. 어느 하나 잘 하는 게 없는 멤버였다(라고 본인은 생각했다). 그러나 겉으로 불안한 모습을 보이는 건 자존심이 허락지 않았다. 멤버들 모두가 잠든 밤에, 이준은 연습실에서 몰래 춤 연습을 했다. 마침내 3년 만에 데뷔를 하게 되었으나 이준이 자신의 끼를 모두 발산해 보이기도 전에 썬더보이즈 활동은 눈이 오던 어느 날, 끝이 나 버렸다.

아이돌을 그만두고 패션 유튜버 쭈니 J로 새출발했다. 한 달 내로 실버 버튼 각이다! 자신만만했지만 세상은 쭈니 J에게 관심이 없었다. 그동안 모아놓은 돈을 주식에 올인했으나 연달아 하한가를 맞고 있었고, 쭈니 J를 빛내줄 최고급 카메라와 마이크, 조명 장치까지 할부로 구입했는데 카드값 낼 돈이 없었다. 이 와중에 FW 신상들은 이준을 유혹했다.

그리하여 돈도 벌고, 사장 브이로그도 찍어 보자는 욕심으로 시작했던 보람마트 장사. 그곳에서 오랜만에 사람들의 환호성을 들었다. 목말라 있던 칭찬도 들었다. 급기야 친구들을 위해 가장 까다롭고 고생스러운 생선 코너를 자처했다! 아이돌 시절엔 멤버들 몰래 춤 연습을 했었다. 사장이 된 지금은, 멤버들 몰래 고등어 소금 간 연습을 하고 있다.

썬더보이즈 은영민 남, 29세

포지션 : 구 보컬 현 정육

"꽃등심, 살치살,

갈빗살, 토마 호크~

너의 모든 고기는

내가 책임질겨!"

지금으로부터 12년 전, 그의 나이 열일곱에 「전국 노래 자랑」에 출연해 '소를 모는 소몰이 창법 소년'으로 우수상을 받은 후, 아이돌 제안을 받고 상경했다. 「전국 노래 자랑」에서처럼 노래만 잘 부르면 아이돌이 되는 줄 알았는데, 잘해야 하는 건 노래만이 아니었다. 댄스, 다이어트, 거기에 서울말까지~ 이 모든 걸 해내야 최고의 아이돌이 된다고 했다. 영민은 노력하고 버텼다. 그리하여 5년 만에 1위 후보에 올랐으나, 그로부터 며칠 뒤 영민은 시골로 내려가 돌아오지 않았다. 아이돌 생활을 그만둔 뒤, 도시와의 인연을 단절한 채 살았다. 그랬던 영민을 5년 만에 시골 밖으로 끌어낸 건 보람마트였다.

멤버들은 첫눈에 그를 알아보지 못했다. 농번기 TPO에 어울리는 패션으로 아저씨가 되어 나타난 것이다. 그래도 역시 영민은 빛영민! 갓영민!이었다. 마트에서 가장 힘든 정육을 맡았고 그 어디에서도 구할 수 없는 질 좋은 고기를 고향으로부터 가져왔다. 예전이나 지금이나 영민이는 변함없이 성실하고 든든한 멤버였다.

그에게는 연습생 시절, 좋아했던 여자친구가 있었다. 그룹이 해제된 후, 영민은 데뷔를 앞둔 여자친구를 위해 시골로 꼭꼭 숨어버렸다. 5년 만에, 운명적으로 그녀를 다시 만났다. 영민은, 마트에서 고기를 써는 사람이 되어 있었고, 그녀는 최고의 걸그룹 멤버가 되어 있었다.
뜻하지 않은 재회를 맞닥뜨린 그 순간… 영민은 다시 숨어버린다.

등장인물

썬더보이즈 윤상우 남, 25세

포지션 : 구 보컬 현 음료

"항상 책임지려고 하지 마요.

숨어도 되고 쉬어도 돼요."

썬더보이즈의 막내로서 귀여운 외모와 사랑스러운 미소, 애교 많은 성격으로 많은 인기를 누렸다. 그러나 아이돌 은퇴 후, 상우는 뭔가 달라졌다. 형들보다 더 형 같은 막내. 상우의 가슴속엔 누구도 알지 못하는 트라우마가 있다.

상우는 열네 살에 가족과 떨어져 아이돌 연습생으로 숙소 생활을 시작했다. 연습이 힘들어 울고 있으면 형들은 상우를 숙소 옆 보람마트로 데려갔다. 그곳에서 닭가슴살이 아닌, 영혼의 단백질이 되는 간식들을 사주었다. 보람마트에서의 모든 추억들이 행복이었다.

그룹이 해체되고, 상우는 혼자 인도네시아 발리로 떠났다. 아무 계획없이 현지에서 아르바이트를 하며 살았다. 아이돌이었다는 과거를 지우고 싶었다. 가끔 가사를 쓰고, 기타로 멜로디도 만들어 보았지만, 노래할 용기는 나지 않았다.

호랑의 연락을 받고 5년 만에 한국행 비행기를 탔다. 돌고 돌아서 다시 보람마트 앞에 선 순간, 상우는 깨달았다. 자신이 얼마나 형들과의 추억을 그리워했는지를, 지난날의 꿈을 얼마나 사랑했는지를.

다시 만난 형들이 상우에게 물었다. 왜 말도 없이 발리로 떠난 거냐고.
"발리엔… 눈이 안 온다 그래서요."

과거를 마음껏 추억하고 싶지만, 다시 노래하는 꿈을 꾸고 싶지만 5년 전, 눈이 많이 왔던 그 날의 사고는 여전히 멤버들의 발걸음을 붙잡는다.

등장인물

비선실세 알바생 오예림 여, 25세

"하루를 일해도,

마음이 가고

진심으로 일하고 싶은 데서

일하려고요."

보람마트가 있는 동네에서 태어나 지금까지 살고 있는 토박이다. 오지랖 넓고 야무진 성격으로 고등학교 때부터 용돈을 받아 써본 적이 없다. 용돈이 필요할 때마다 보람마트에서 알바를 해왔다. 예림에게 보람마트는 용돈 충전소였고, 그리운 엄마와의 추억이 담긴 곳이었다.

예림의 엄마는 그녀가 중학생이 됐을 무렵 병으로 돌아가셨다. 아빠가 지방 소도시에 새로운 일자리를 구해 내려가신 후, 세 식구가 살던 집엔 예림이 혼자만 남았다. 혼자 남은 이 집, 이 동네를 떠나고 싶었다.

그런데, 취업이 만만치가 않다. 열아홉 번 떨어지고 스무 번째로 도전한 회사 면접장에서 예림은 자리를 박차고 나왔다. 자신을 인정해주지 않는 회사, 가슴이 뛰지 않는 일. 취업에 회의가 밀려왔다.

그 길로 보람마트에 가서 n번째 알바를 시작했다. 이번엔 단순히 용돈벌이를 위해서가 아니다. 희한한 조합으로 모인, 정체를 알 수 없는 다섯 명의 사장들로부터 처음으로 장사의 진정성을 느꼈고, 그들과 함께 일해보고 싶어졌기 때문이다. 다섯 사장과 보람마트에서 함께 일하면서, 예림은 7년의 알바 기간보다 더 큰 경험들을 쌓아나가고 성장해 간다.

썬더보이즈 故송현이 —— 남, 5년 전 21세

스물한 살에 멈춰 있는, 썬더보이즈의 마지막 멤버.

5년 전, 눈 내리던 12월 25일. 현이를 제외한 나머지 멤버들은 강원도에서 촬영을 마치고 급히 서울을 향해 달렸다. 그날은 썬더보이즈가 데뷔 후 처음으로 1위 후보에 올랐던 날이기 때문이다. 방송국에 도착하고 나서야 멤버들은 현이가 도착하지 않았다는 사실을 깨닫는다. 무대 위에서 멤버들이 1위 발표를 기다리는 그 순간, 보고 있던 모니터에 속보 자막이 뜬다. 현이의 사고 소식이었다. 그렇게 흰 눈이 펑펑 내렸던 그해 성탄절에 현이는 멤버들 곁을 떠났다. 썬더보이즈는 다시 무대에 오르지 못하고 해체했다. 현이 죽음에 대한 죄책감은 여전히 멤버들의 삶을 짓누르고 있다.

마트 빌런 이지욱 —— 남, 31세

밤이 되면 섬뜩한 가면을 쓰고 마트를 찾아오는 남자. 그저 수상한 행적만 보이고 가던 그가, 어느 날 가면을 벗고 사장들 앞에 나타나 마트를 위기에 빠뜨린다. 소름 끼치는 눈빛과 말투, 계략으로 그는 사장들을 벼랑 끝으로 내몬다.

마침내 그의 정체를 알게 된 사장들은 모두 경악한다.

전 소속사 사장 윤민수 —— 남, 40대 중반

썬더보이즈의 소속사 사장이었으며, 지금은 트로트 가수 고사리의 매니저로 일하고 있다. 잡초 같은 근성으로 지금껏 버텨왔다. 멤버들 명의의 보람마트를 동생과 함께 몰래 운영해 오고 있었다. 5년 만에 순순히 마트를 넘겨주긴 했으나 그 속내는 따로 있었다.

걸그룹 아이돌 김지나 ── 여, 27세

5년 전, 풋풋했던 첫사랑의 기억은, 영민의 갑작스러운 잠수로 흑역사가
돼버렸다.

모두에게 사랑받는 걸그룹이 되었지만, 지나는 단 하루도 영민을 잊은 적
이 없었다. 그런데 아이스크림을 사러 간 마트에 그가 있었다! 아저씨처럼
위장(?) 했어도 보석 같은 영민의 눈빛은 단번에 알아볼 수 있었다. 밀당이
고 뭐고, 지나는 영민에게 직진한다.

그 외 동네 단골 손님들

빼빼 할머니 이복순 ── 여, 80대 초반

정찰제, 가격표는 가볍게 무시. 장 본 금액을 사정없이 후려치는 데 귀재인
할머니다. 가격은 깎고 포인트는 당당히 요구하는 할머니의 카리스마에
당할 직원이 없다.

단, 태호만은 예외. 1원도 DC를 허용하지 않는 냉혹한 캐셔 태호와 사탕
한 봉지를 사도 제값 주고 사지 않는 할머니. 두 사람은 한 치도 물러서지
않고 매일 카운터에서 가격 배틀을 벌인다.

진성마트 사장 김진성 —— 남, 50대

큰 길 건너 번화가에 위치한 경쟁 마트의 사장. 욕심이 많고 다혈질이다.
보람마트를 탐문하러 자주 온다. 사장들과 각을 세우고 있는 관계이며 이
준의 패션 조언에 역정을 내면서도 사장들의 작업복 스타일대로 따라 입
기 시작한다.

김도윤 —— 남, 10세

매일 저녁거리로 라면을 사 가는 애어른 소년. 똑똑하고 자존심이 세다.
사장들의 따뜻한 마음씨에 조금씩 아이다운 미소를 찾아간다.

용어정리

[S#] Scene(씬)   같은 장소, 같은 시간 내에서 이루어지는 일련의 행동이나 대사가 한 씬을 구성한다.

[E] Effect(효과)   대사와 음악을 제외한 효과음을 뜻하며, 보통 등장인물은 보이지 않고 소리만 나는 경우에 사용한다.

[F] Filter(필터)   전화기 너머의 목소리나 마음속으로 하는 이야기들을 표현할 때 사용된다.

[OL] overlap(오버랩)   앞 화면에 뒷 화면이 겹쳐지며 장면이 바뀌는 기법. 또는 한 사람의 대사가 끝나기 전에 다른 사람의 대사가 맞물릴 때 쓰인다.

[NA] Narration(내레이션)   장면에 나타나지 않으면서 장면의 진행에 따라 그 내용이나 줄거리를 장외에서 해설하는 일, 또는 그런 해설을 말한다.

[cut to]   하나의 장면에서 다음 장면으로 넘어갈 때 사용한다.

[INS] Insert(인서트)   화면과 화면 사이에 끼워 넣는 삽입 화면을 말한다.

플래시백   회상을 나타내는 장면. 지금 일어나고 있는 사건의 인과를 설명할 때 쓰이기도 하고, 인물의 성격을 설명하기 위해 쓰이기도 한다. 특히 이 책에서는 이전에 화면으로 나왔던 씬을 그대로 불러오는 것을 지칭한다.

스토리 해시태그로 보는
#명대사 코멘터리

#해체아이돌_썬더보이즈_근황올림픽 ————————

Episode 1 - S#13

호랑   앞으로 우리, 1위도 밥 먹듯이 할 거고 인기도 많아질 거고,

돈도 많이 벌 거야! 우르르 쾅쾅!

모두   썬더보이즈!!

⚡   「사장돌마트」는 그룹이 해체된 지 5년이 지나서, 다시 만난 멤버들

의 이야기입니다. 과거를 잊고 치열하게 사는 썬더보이즈의 현재 모습과, 10년

전의 다짐이 대비되어 더 안쓰러웠습니다. 그렇기에 앞으로 펼쳐질 이들의 미

래가 응원받길 바라며 1화에 썼던 장면이었습니다.

Episode 2 - S#2

태호   배신한 어린이에겐 자비란 없다.

민채가 상혁이 좋아한대~요~~.

⚡   개인적으로 태호가 등장했던 태권도장의 모든 씬을 좋아합니다.

까불고 철없어 보이지만 순수한 영혼을 가지고 있는 태호와 어린 제자들의 케

미는 쓰면서도 즐거웠습니다.

이준   난 흑역사 없는데~ 온통 컬러 역사야 난~

⚡   채형원 님의 캐스팅이 확정된 후에 썼던 대사로 기억됩니다. 마음
껏 잘난 척을 해도 매력적인 관종, 이준이 캐릭터가 잘 드러나는 대사 같아서
좋았습니다.

#자고일어나니_보람마트사장 _____

Episode 2 - S#16

호랑   스물아홉 이 나이에⋯ 저희 다섯 명이, 험하고, 어렵고,

        안 해본 뭔가에 도전을 한다면⋯ 잘할 수 있을까요?

        또 실패하면 어떡하죠?

⚡   강해야 했고, 강해 보이고 싶었던 리더 호랑이 박 사장님에게 물었
던 질문이었습니다. 인생의 기로에서 누구나 한 번쯤 해봤을 고민이라고 생각
했습니다. '이 나이에' '안 해본 뭔가에 도전한다면' '또 실패하면⋯' 호랑이와 같
은 고민을 하는 사람들에게 용기가 될 수 있었으면 했습니다. 호랑이는, 결국 도
전했습니다.

Episode 1 - S#38

예림   저 셈법 확실한 알바거든요? 기분 내다가 마트 망해요.

⚡   사장님을 혼내는 야무진 알바생 예림이의 대사입니다. 어리바리

한 초보 사장들과 대비가 느껴지는 대사라 좋았습니다.

Episode 2 - S#36

상우   형도 그래도 돼요. 항상 책임지려고 하지 마요.

               숨어도 되고 쉬어도 돼요. 절대성과 가능성.

               그중에 전 가능성을 더 믿어요.

               그래서 전, 다시 형들과 같이 할 수 있는… 다수결이요.

⚡   전직 아이돌에서 마트 사장으로의 도전이 두려운 호랑은 장사를 반대만 합니다. 다수가 찬성이지만, 만장일치를 주장하는 리더 형의 속내를 막내 상우는 읽었습니다. 조언이 아닌 순도 100%의 진심 어린 위로. 묵직하고 뭉클하게 느껴졌습니다.

Episode 2 - S#37

호랑   나만 겁쟁이었다… 또 실패할까 봐,

               그래서 또, 소중한 걸 잃게 될까 봐…

               사실… 우리에게 만장일치라는 결론은 불가능하다.

               현이의 목소릴 영원히 들을 수 없으니…

⚡   호랑이 장사를 반대했던 이유가 드러나는 대사이자, 여섯 번째 멤버 '현이'의 존재가 드러나는 대사라 쓰면서 많이 울컥했던 기억이 납니다. 최종

고가 나오기까지 수많은 수정이 있지만, 이 대사는 처음 버전이 최종 버전이 된,

몇 안 되는 대사입니다.

#전직아이돌_마트장사_도전 #평균나이_28.2세_장사경험전무

Episode 3 - S#24

태호   스물아홉이 돼도 뭐 맨날 짠맛이냐…

일생에 단맛이 없어.

⚡   험난한 장사의 시작을 '맛'으로 비유하는 것이 태호스러워서 기억

에 남는 대사입니다.

Episode 4 - S#11

예림   저 아직 젊잖아요. 하루를 일해도,

마음이 가고 진심으로 일하고 싶은 데서 일하려고요.

⚡   회사의 스펙도 중요하지만, 예림이에겐 직업 만족도가 더 중요했

습니다. 예림이의 소신 있는 캐릭터가 느껴지는 대사라 좋았습니다.

Episode 4 - S#19

이준   이 동네 붕세권이었네? 애들 좀 사다줄까?

아, 붕어… 생선은… 당분간 패스.

꽃게… 과자도 해산물이잖아!! 왜들 이래~ 맘 약해지게….

⚡   수산물 코너는 맡기 싫은데 수산물(?) 붕어빵과 꽃게 과자가 이준이의 마음을 약하게 하는 상황입니다. 착한 4차원 이준이기에 가능한 고민이라 생각하고 즐겁게 썼습니다.

Episode 4 - S#29

태호   나 돈에 환장했었거든? 근데 얼마 전에 알았어.

난, 정에 환장한 놈이야.

난 성공보다, 서른이 되기 전에 좀… 행복해지고 싶어.

⚡   돈 밝히고 욕심 많아 보였던 태호가 왜 마트 장사를 하고 싶었는지, 진심이 잘 전달되길 바라며 썼습니다. 이 장면에서 누나와 나눴던 모든 대화가 뭉클하고 좋았습니다. 동생을 걱정하는 누나도, 행복하고 싶은 동생도 이해되어서 가슴이 먹먹했습니다.

우리, 얼굴 본 지 얼마나 오렌지

Episode
1

S#1. **보람마트 앞, 밤**

조용한 주택가에 '쨍그랑' 둔탁하게 유리 깨지는 소리가 정적을 깬다. 불 꺼진 보람마트 유리문 가운데에 깨진 구멍이 나 있다. 저벅저벅 천천히 마트로 향하는 검은 양복 차림의 남자의 뒷모습. 그 순간, 발목을 탁! 잡는 손(신태호/29세). 남자는 태호의 손을 다리로 거칠게 뿌리친다. 그 바람에 술에 취한 태호는 데굴데굴 굴러가더니 잠들어 버린다. 남자는 깨진 유리 사이로 다급히 손을 넣어 손잡이의 락을 해제하고 문을 밀고 들어간다.

S#2. **보람마트 안, 밤**

마트 문을 열고 들어가 마트 문밖 입구를 비추는 CCTV를 거칠게 떼어내는 남자. 전선들이 마구 뜯겨지며 CCTV 아래 종이박스 위로 툭 떨어지더니 불꽃을 낸다.

S#3. **보람마트 앞, 밤**

남자는 서둘러 골목길로 사라진다.
그 위로 타이틀 + 부제
「사장돌 마트」 01. 우리, 얼굴 본 지 얼마나 오렌지

S#4.　경찰서, 밤

책상에서 노트북으로 조서 작성하고 있는 경찰. 그 맞은편에 고개 푹 숙이고 앉아있는(얼굴 안 보임) 신태호.

경찰1　신태호 씨, 유리문 깨고 보람마트에 왜 들어갔어요?

태호　(고개 든다) 저 아니라고요~ 어제부터 몇 번을 말씀드려요~~. (그러다 슬쩍 눈치 보며) 아 솔직히… 자수 하나 할게요. 아까 형사님 사탕 바구니에서 오렌지 맛 5개 먹었어요. (억울하다는 듯) 근데 유리문은 진짜 저 아니에요오~~.

그때, 뛰어들어오는 봉수(40대 초반/보람마트 현 사장), 헐떡이며 태호 옆에 앉는다.

봉수　(경찰에게) 마트 범인 잡았다면서요? 저 걱정돼서 한숨도 못 잤어요.

경찰1　(심드렁) 사장님, 그렇게 걱정되는 분이 하루가 지나서야 옵니까?

봉수　(민망) …제가 오래전부터 여자친구랑… 아니… 거래처랑 잡아놓은 스케줄이 있었거등요. (옆에 태호 발견하고 가까이) 너냐? 범인이?

태호　(냄새난다는 듯 코 막으며) 아우… 혹시 대낮부터 막걸리 드셨어요? 여자친구랑? (알면서도 얄밉게) 아, 거래처랬지? 어우 냄새… (하면서 의자 들고 옆으로 거리 둔다.)

봉수 (당황해서 입은 틀어막지만 태호 이놈 얄밉다. 손 내리고 경찰에
게) 형사님. 저희 마트 유리문 엄청 비싼 거거든요. CCTV
는요, 최신형인데, 손님 흰머리까지 보여요.

태호 (뭔 소린가 싶어 실눈으로 봉수 보는데)

봉수 (태호 보며) 아주 CCTV를 무식~하게 뽑아놔서 전기 공사
도 해야 되고요. 사건 듣고 나서부턴 제가 심장이 떨려서
잠을 못 자요. 정신적 피해보상까지 포함해서 천만 원이면,
합의할 생각 있습니다.

태호 (놀라서 벌떡 일어나) 천만 워~~언??!!!! 사장님 사기꾼이에요?!

S#5. **공연장 야외 광장. 낮**

공연장 외벽에 체인걸스 공연 플래카드와 콘서트 포스터
가 여기저기 붙어 있고, 공연장 밖까지 관객들의 환호성이
울려 퍼진다. 야외 광장에 세워진 공사 안내판 '공연장 환
경 개선 공사입니다. 우회하세요.' 흙바닥인 공사 현장 한
편에 식재들이 쌓여있고, 굴착기 한 대가 바쁘게 흙을 실
어 나르고 있다.

[cut to]
핸드폰을 보며 공연장을 향해 빠른 걸음으로 오는 오예림

(24세/대학 4학년). 단정한 면접 복장에 머리엔 '♥체인걸스♥' 머리띠를 하고 서둘러 걸어오고 있다.

예림   아씨 어떡해~ 첫 곡 놓치겠어어~.

핸드폰으로 시간 확인하다가 공사 안내판을 지나쳐 공사 현장에 들어선다. 급한 마음에 핸드폰을 대충 주머니에 넣고 뛰는데 핸드폰이 툭! 바닥에 떨어진다.

[cut to]
능숙하게 기어를 다루는 운전자(최호랑/29세)의 팔뚝. 거침없는 핸들링. 바닥에 떨어진 핸드폰을 향해 흙을 잔뜩 담은 굴착기가 돌진한다.
예림, 문득 주머니가 허전한 걸 깨닫고 뒤돌아보면 핸드폰 위로 한 무더기의 흙이 투하되고, 굴착기의 버킷이 (그녀의 귀엔 천둥처럼) 툭! 툭! 둔탁한 소리를 내며 바닥을 고른다.
"안 돼요~" 하며 뛰어오는 예림. 굴착기가 급정거하고. 인부 1, 2 역시 나무를 심으려다 멈추고 뛰어오는 예림을 본다.

예림   (흙더미 가리키며 울상) 저기 제 핸드폰 묻혔어요.
공사인부1   저흰 나무 심지 핸드폰은 안 심거든요. 딴 데 가서 찾아보이소~

예림, 울고 싶은데… 그때, 굴착기 운전석에서 훌쩍 내려오는 호랑. 헬멧, 선글라스, 마스크로 얼굴을 완전히 가렸다. 예림에게 걸어와서,

호랑   (예림에게 자신의 핸드폰을 내밀며) 번호.

예림   네????

호랑   그쪽 전화번호요. 폰 꺼내게.

예림, 허겁지겁 전번을 찍어준다. 호랑, 예림 번호로 전화를 걸면 저 멀리 흙무더기에서 '드르륵' 울리는 진동소리. 호랑, 진동소리를 찾아가더니 거침없이 흙을 파헤친다. 그의 장갑은 물론이고, 토시, 마스크, 옷까지 흙이 튄다. 예림, 왠지 미안한데. 마침내 청명하게 들리는 진동소리. 핸드폰이 세상 밖에 나왔다! 호랑은 액정 깨져있는 핸드폰을 예림에게 내민다. 예림, 얼굴에 화색이 돌며 핸드폰 받으려 하는데 안 놔주는 호랑.

호랑   핸드폰 찾느라 허비한 30분은 회사에 시급 청구 안 할 겁니다. 그게 프로니까. 대신 그쪽한테 받으라구요.

예림   네?! (당황) 저 돈 없는… (그러다 호랑 손에 핸드폰 보고 놀라며) 어? 액정!! (상황 무마하려 어색하게 화내는) 제 폰 박살났잖아요~~.

호랑	박살…? (핸폰 슬쩍 보며) 액정만 깨진 거 같은데… 진짜 박살내지 뭐. (하며 흙더미에 다시 핸드폰 던지려는데)
예림	[OL] 알았어요! 이걸로 합의해요!!

호랑, 던지려다 멈칫하는데, 예림이 손에 뭔가를 쥐고 엄청 고민한다. 주기 싫다, 긴 한숨 쉬고 마침내 결심한 듯,

예림	(다른 손 내밀며) 핸드폰 먼저 줘요. 그럼 저도 줄게요.

호랑, 예림 손에 핸드폰을 건네자마자 예림이 낚아채듯 가져가고, 호랑의 손에 뭔가(포토카드)를 내려놓으며,

예림	제가 진짜 아끼는 거예요! 돈 주고도 못 사는 거예요!! (하고 뛰어간다.)

호랑, 손바닥을 보면 체인걸스의 지나 포토카드가 놓여있다. 뭔가 당한 느낌이다. 반면, 뛰어가다 아쉬운 맘에 뒤돌아보는 예림. 어이없는 호랑. 헬멧, 마스크, 선글라스를 하나씩 벗는데 엄청난 비주얼! 땀에 젖은 머리카락을 손가락으로 털어내고 다시 카드를 보는데 어이없는 웃음만. 그런 호랑에게 공사 인부 1, 2가 다가온다.

공사인부1　(걱정스럽게) 공사 끝나고 물류 배달 가야 된다 안 했나? 안

　　　　　　늦겠나?

호랑　　　서둘러야죠. (다시 헬멧을 쓴다.)

공연장에서 환호성이 들려온다.

공사인부2　(호랑에게) 니도 저런 함성 들어봤나? 과거에 가수였대매?

호랑　　　(표정 어두워졌다가 아무렇지 않은 척) 에이… 누가 그래요~.

　　　　　　(다시 굴착기에 올라타려다 뒤돌아 공연장을 바라본다.)

S#6.　　**진성마트 앞, 저녁**

　　　　　호랑이 용달 트럭 짐칸에서 빠르게 생수, 음료수 번들을

　　　　　들어 마트 앞 바닥에 내려놓는다. 진성마트 사장(남/50대

　　　　　후반), 씩씩거리며 다가온다.

진성사장　배달 주문한 지가 언젠데 이제 와? 생수 없어서 못 팔았잖

　　　　　　아~~

호랑　　　(꾸벅. 형식적으로) 죄송합니다. (다시 하차 작업 계속)

진성사장　(짜증 폭발) 다른 도매상 좀 보고 배우라고! 라면 도매상은

　　　　　　주문하자마자 와서, 일손 돕겠다고 진열까지 하고 갔어!

호랑　　　(하차 멈추고 사장 정면으로 보며) 배송 늦은 건 죄송한데요.

　　　　　　　　　　　　　　　　　　　　　　　　　　Episode 1

생수 놓을 자리 좁다고 매번 소량 주문하시는데, 다른 마트 일주일에 한 번 갈 동안, 여긴 매일 왔습니다. 군말 없이요. 근데 매장 진열까지 하라고 하시면 안 되죠. (주머니에서 꺼내) 영수증 여있습니다.

진성 사장　(보더니) 뭐야 이거??? 장난해?

호랑　(보면 '체인걸스' 포토카드다. 도로 넣고 허겁지겁 영수증을 찾는데)

진성 사장　개판이구먼!! 나 돈 못 줘! 담당한테 전화하라 그래! (들어가는)

그런 진성 사장을 바라보는 호랑, 무안하고 씁쓸하다. 오늘 하루 되는 일이 없다. 그때, 탈색 머리의 연습생 1. 피어싱을 한 연습생 2가 호랑을 지나 마트로 걸어온다.

연습생1　이놈의 시골 연습실 징글징글하다 아주.
　　　　　선풍기 틀고 춤추는 연습생이 어딨냐. 쪽팔려.

연습생2　억울하면 데뷔하라잖냐.

호랑　('연습생', '데뷔'라는 말에 작업 정리하다 연습생 1, 2 돌아보는)

연습생1　(짜증) 아씨 물 사러 여기까지 와야 돼? 옆에 멀쩡한 마트 두고.

연습생2　멀쩡하긴. 보람마트 맛 갔어. 오늘은 하루 종일 문 닫았던데?

연습생 1, 2는 진성마트로 들어간다. 그들의 얘기를 들은
호랑, 생각에 잠긴다.

호랑   [E] 보람마트가… 아직 있어…?

S#7.   **보람마트 앞, 밤**

세월의 흔적이 내려앉은 보람마트가 있다. 멀찌감치 서서
보람마트를 애틋하게 보고 있는 호랑. 10년 전의 추억이 떠
오른다.

S#8.   **플래시백 – 연습실 계단(10년 전, 낮)**

호랑과 멤버들, 연습실 계단에서 우르르 내려온다.

10년전호랑   (맨 뒤에서 멤버들에게) 데뷔 기념으로 내가 쏜다! 1인당 3천
원이다!

태호   (뛰어가다가 호랑 보며) 웃기시네~ (멤버들에게) 얘들아, 보람
마트 거덜 내자 오늘!! (하며 와다다 뛰어내려간다.)

나머지 멤버들, 환호성을 지르며 태호 따라 뛰어가고, 뒤에
서 귀엽다는 듯 보는 호랑.

보람마트 앞, 밤

호랑, 마치 눈앞에서 10년 전 모습을 보는 듯 추억에 잠겨 있다가 다시 보람마트를 바라보는데, 안에서 스멀스멀 연기가 새어 나오고 있다. 정신 차리고 마트 입구로 뛰어가 살피는데, 마트 입구에 연기가 자욱하고, 마구 헝클어진 전선 사이로 불꽃이 튄다. 불꽃이 전선 아래 종이박스에 튀었던 듯 검게 그을린 종이박스에서 작은 불꽃이 피어나기 시작하는데… 놀란 호랑, 마트 밖 소화기를 찾아 들고, 마트 안으로 뛰어들어간다.

S#10. **경찰서, 밤**

경찰서 TV에 뉴스가 방송되고 있다.

[INS] 뉴스 화면. 보람마트에서 연기 나는 외경(시민 제보 영상 느낌)

앵커　　　[E] 조금 전 경기도의 한 마트에서 화재가 발생했습니다.

봉수　　(TV 보다가 놀라며) 어!! 저거 우리 마트 같은데?

태호　　(역시나 뉴스 보고 어딘지 알아차리고 놀라는) 보람마트…??

경찰 1이 와서 봉수 맞은편에 앉는다.

경찰1   어제오늘, 사장님네 마트도 참~ 바람 잘 날 없네요. 화재보험은 들으신 거죠?

봉수   (해맑은) 화재보험이요? 그런 거 모르는데… 형한테 물어볼까요?

경찰1   (답답) 그걸 왜 형한테 물어요~ 윤봉수 씨가 사장이잖아요!

봉수   (해맑은 미소) 저 바지예요. (허벅지 치며) 이 바지 말고 바지사장.

경찰1   (어이없다.)

[INS] 뉴스 화면. (마트 밖 시선. 시민 제보 영상 느낌)

호랑이 거친 숨을 내쉬며 빈 소화기를 들고 마트 밖으로 걸어 나온다.

앵커   [E] 다행히 용감한 시민의 초동 진화로 소방차가 도착하기도 전에 불은 꺼졌습니다.

태호   (뉴스 화면 보며) 어!!! 최호랑?? (하며 화면에서 시선을 못 떼는)

봉수   (역시 화면 보고 놀라는) 어?!!

경찰1   (봉수에게) 사장님~ 그럼, 마트 진짜 주인이 형님이에요?

봉수는 아니라는 듯 고개를 좌우로 흔든다. 그리고는 말없이 집게손가락을 든다. 경찰 1과 태호가 봉수의 손가락 끝을 따라가 보면 TV 화면 속 호랑을 가리키고 있다.

S#11. **경찰서 앞 주차장, 밤**

트럭 운전석에서 전화받고 있는 호랑.

호랑　(전화받는) 네, 엄마. 불길에 뛰어들다뇨~ 연기만 좀 난 거예요. …아 다친 데 없어요. 걱정 말고 주무세요. (전화 끊는) (전화를 끊자마자 표정이 어두워진다.) …내가 미쳤지… 거긴 왜 가서…

호랑, 긴 한숨을 쉬고는 눈앞의 건물을 올려다본다. 경찰서다.

S#12. **경찰서, 밤**

호랑, 경찰서 안으로 들어오면 핸드폰 게임하고 있는 봉수가 보이고, 그 옆에 있는 태호와 눈이 마주친다. 경찰서에서, 5년 만에, 태호를 만날 줄 몰랐다. 태호는 호랑이 올 줄 알았기에 어색하게 눈인사만 한다. 호랑, 태호 옆에 앉으며

호랑　(학부모가 자식 다그치듯) 신태호, 너 여기 왜 있냐?

태호	(쪽팔려서 딴 데 보며 툭) 어떻게… 5년 만에 보는 데가 경찰서냐…
호랑	니가 죄지을 정도로 간 큰 놈은 아니고… (진지하게 살피다가) …노상방뇨??
태호	(순간 욱) 야!! 드럽게 오줌 얘기가 왜 나와~~ 나 누명 썼어.
경찰1	두 분 아는 사이예요?
태호	(서운해서 틱틱) 넌 리더라는 놈이 해체하고 연락 한 번을 안 하냐? 번호도 바꾸고…
호랑	나한테 전화했었냐?
태호	….
경찰1	(등기부등본 출력본을 들춰 보며) 최호랑 씨, 94년생 맞죠?
호랑	(자세 바로 갖추며) 네. 화재 목격자로 부르신 거죠?
경찰1	목격자로 부른 거 아닌데요?
호랑	네? 그럼…
경찰1	소유자로 부른 건데? 보람마트 최호랑 씨 소유잖아요.
호랑	(깜짝) 제가요? 제가 뭘… 소유… 해요?
태호	(급관심. 호랑에게 가까이 다가가며) 너 보람마트를, 샀어? 어떻게? 뭘로 돈 벌었어? 주식? 코인?
경찰1	(등기 보며) 마트 소유주가 한 명이 아닌데? 최호랑, 신태호 …
태호	(가만히 있다 화들짝) 네???????
경찰1	조이준. 은영민. 윤상우. (호랑 보며) 이 사람들 다 누굽니까?

호랑	(멍… 하게 있다 입을 뗀다.) …우르르 쾅쾅…
경찰1	?????
호랑/태호	(짠 듯이 동시에) 썬더보이즈요… (서로 눈이 마주친다.)

S#13. **플래시백 1 – 대기실(10년 전 데뷔 날, 낮)**

대기실에서 호랑과 멤버들 모두 한데 손을 모으고 있다.

호랑	드디어 데뷔 첫 무대야. 앞으로 우리, 1위도 밥 먹듯이 할 거고 인기도 많아질 거고, 돈도 많이 벌 거야! 우르르 쾅쾅!
모두	(손 들어올리며) 썬더보이즈!!

S#14. **플래시백 2 – 가요 순위 프로그램 무대(5년 전, 낮)**

긴장된 표정으로 발표를 기다리는 호랑과 멤버들 위로
MC 멘트

MC남	[E] 이번 주 1위 후보는 썬더보이즈 대 빌런즈입니다. 발매하는 곡마다 번개처럼 다이내믹한 퍼포먼스를 선보이는 썬더보이즈가 데뷔 5년 만에 처음으로 1위에 도전합니다. 여기에 맞서는 초강력 케이팝 샛별 빌런즈는 10개국 월드투어 매진 행렬을 기록하며 글로벌 아이돌로 급부상 중인

데요. 썬더보이즈 대 빌런즈 과연 이번 주 쇼뱅크 1위는 누가 차지할 것인지. 결과 함께

MC남, 여   보시죠!

프롬프터 모니터를 보며 결과를 기다리던 호랑. 갑자기 얼굴이 창백해진다. 무대 밖의 썬더보이즈 매니저, 관계자들 서로 귓속말을 하면서 놀란다. 모니터 화면에 속보 [아이돌 멤버, 폭설 교통사고] 자막이 뜬다. 호랑이 자리를 박차고 뛰쳐나간다.

S#15.   **플래시백 3 – 연습실**(5년 전, 밤)

공허한 눈빛으로 벽에 기대어 있는 호랑(흰 셔츠, 검은 양복 바지). 민수, 호랑 앞에 서서 말한다(얼굴 안 보이고 뒷모습만 보인다.)

5년전민수   일단 너희끼리라도 스케줄은 진행하자.

5년전호랑   (영혼이 나간 듯 공허한 눈빛. 떨리는 목소리) …못하겠어요…

5년전민수   못하겠으면 썬더보이즈 해체야!!

5년전호랑   (그 자리에 주저앉는다.) 그래도… 못하겠어요… 못하겠어요.

경찰서 입구 밖(현재, 밤)

경찰서 밖으로 걸어 나오는 호랑과 태호, 봉수.

호랑   집도 먼 애가 술 처먹고 왜 보람마트 앞에서 자? 문은 또
        왜 깨고?

태호   우리집 태권도 가문인 거 모르냐? 기왓장은 깨도 문은 안
        깬다고! 아씨 억울해 환장하겠네!!!

민수   [E] 최호랑이~ 신태호~

태호와 호랑 쳐다보는 곳에 윤민수(40대 후반/전 썬더보이즈
소속사 대표)가 있다.

봉수   (민수에게 뛰어가며) 형엉~~

민수   이 투 샷 오랜만이다? 서로 지긋지긋하다고 해체할 땐 언
        제고.

호랑   (싸늘하게 봉수와 민수 보며) 바지 사장님 형이, 대표님이었어
        요?

S#17.   **MSG 엔터 사무실, 밤**

MSG 엔터를 거쳐 간 아티스트들의 멋진 화보들이 액자
에 쭉 걸려있다. 그 아래에 썬더보이즈의 단체사진(음료 광

고 화보로 각자 손에 음료 캔 들고 찍은 것. 사진 끝에 있는 현이 모습은 뭔가에 가려져 있다). 액자가 잔뜩 먼지 쌓인 채로 땅바닥에 대충 세워져 있다. 호랑은 의자에 앉아 고개만 돌린 채로, 썬더보이즈 단체사진을 애잔하게 보고 있다. 반면, 함께 테이블에 앉아 있는 태호는 궁금해 죽겠다는 표정으로 맞은편의 민수만 바라보고 있다.

민수 (허세롭게 앉아서) 오랜만에 전 소속사 대표 만나서 반갑다는 인사도 안 하고… 잘 지내셨냐 안부도 안 묻고…

호랑 (여전히 싸늘) 너무 안 반가워서요.

민수 니들한테 춤, 노래 가르친 보람이 없다. 인성을 못 가르쳤더니 데뷔시켜 준 은혜를 몰라.

호랑 (뭐라 대꾸하려는데)

태호 [OL] 옛날 얘기 그만하고요. (민수에게) 대표님, 마트 저희 거 맞아요?

민수 (화보 액자 슬쩍 보며) 저 광고 기억나지? 저 음료 광고 찍고, 보람마트 받았다.

호랑/태호 네??

민수 그 놈의 보람 음료가 부도 위기라고 광고료를 안 주는 거야. 그러더니 너희 해체하고 나서 연락 왔어. 현금은 죽었다 깨도 없대고 회장이 갖고 있던 마트 하나를 주더라.

태호 (입틀막) 헉… (호랑에게) 야, 마트 진짜 우리 건가 봐.

호랑	(감정 누르고 단호하게) 우리가 받은 마튼데… 말도 없이 대표님이 가로채서 돈 벌고 있었어요? 너무 뻔뻔하신 거 아니에요? 저희 활동하는 동안 정산도 한번 안 해줬잖아요.
민수	정산?? 니네가 뭘 했다고~ 겨우 돈 좀 버나 했더니 니가 해체시켰잖아. 너네 땜에 적자 본 거, 마트 하면서 메꿨어.
호랑	(민수를 보는 눈빛이 점점 더 매섭게 변하는데)

그때, 핸드폰 게임하던 봉수에게 전화가 온다. 화들짝 놀라는데,

봉수	(민수만 들리게 속삭이며) 형, 또 전화 왔어. 외상값…
민수	(당황해서 말 돌리듯) 그래, 옛날 얘긴 그만하고! 이것도 기회야. 우리 형제는 그동안 벌 만큼 벌었으니까 이제 마트에서 손 뗄게! 앞으로 마트는 '소유주들' 마음대로 해라. 거래 끝~.
태호	정말요?!! (이게 웬일!! 내적 환호)
호랑	거래 안 끝났어요.
민수	뭐?
호랑	마트 계약 때 몰래 갖다 쓰신 저희 도장, 등본, 계약서 돌려주세요.
민수	(제법이라는 듯 웃음. 책상 위에 있던 서류들을 호랑 앞에 탁 놓고) 계약서는 잃어버렸어. 없어도 등기에 이름 있잖아?

호랑	(서류 확인하고 봉수에게) 윤봉수 사장님, 태호가 유리 깬 거 청구 안 하실 거죠? (고개 들어 봉수 보며) 저희가 소유주잖아요?
태호	(호랑의 배려에 내심 놀라는)
봉수	(호랑의 기에 눌려) …어 그래. 안 하지 뭐.
호랑	(테이블에 엎어져 있던 핸드폰을 들어 녹음을 끄며) 거래의 증거가 필요해서요. 그리고, (일어나서 썬더보이즈 액자로 간다) 은혜를 모르는 애들은, (액자 들고) 제가 데려갈게요.

호랑, 액자 들고 인사도 없이 나간다. 따라 나가는 태호. 그 모습 바라보던 민수.

민수	호랑이 자식… 이름만 호랑인 줄 알았더니, 못 본 새 맹수가 됐네. (전화가 온다. 받는) 네. 계약서는 안 넘겨줬습니다. 에이~ 신경 쓸 거 없습니다~ 장사할 줄도 모르고 생각도 없는 놈들이에요.

S#18. **예림 집. 밤**

지친 몸으로 거실 소파에 털썩 앉는다. 주머니에서 핸드폰을 꺼내 보면 액정이 완전히 깨져서 화면이 제대로 보이지 않는다. 한숨이 절로 나온다. 그러다 식탁을 보면, 식탁 위에 10년 전 세 가족(엄마, 아빠, 예림) 사진이 보인다. 사진 속의 엄마는 모자를 쓰고 의자에 앉아 힘없이 웃고 있다. 의자 뒤로 중학생 예림과 다부진 체격의 아빠도 미소 짓고 있다. 예림은 가방에서 면접 수험번호표를 꺼내 식탁으로 가 사진 앞에 살며시 놓는다.

예림   (사진 속 엄마 보며) 엄마, 제사 때 맛있는 거 많이 해놓을게. 딸 취직하게 하늘에서 빽 좀 써주세요. (두 손 모으고) 플리즈~.

S#19.   보람마트 앞 외경(다음날, 낮)
햇살이 내리쬐는 보람마트 앞. 문이 활짝 열려있다.

S#20.   보람마트 안, 낮
호랑, 잔뜩 심란한 표정으로 마트 여기저기를 둘러보고 있다. 간밤의 화재로 입구 천장과 바닥이 온통 그을린 흔적들. 뽑혀진 전선. 어질러진 물건들…

태호   [E] 1인당 2억은 떨어질까?
호랑   (뒤돌아보면 태호) 뭔 소리야?

태호	마트 팔면 말이야~ (들뜬) 이거 완전 로또야!
호랑	로또라니. 우리가 5년간 활동한 대가로 정산 받은 거지.
태호	(계산대 옆 사탕 통에서 막대사탕 꺼내 비닐 뜯으며 빈정대는 투로) 그때 니가 해체하자고 안 했으면 그 대가, 5년 전에 받았을 거 아냐.
호랑	(태호를 얄밉게 보다가) …야!
태호	(입에 막대사탕 넣은 채로 호랑 보는) 왜?
호랑	공과 사 구분해! (태호에게 손바닥 내밀며) 사탕 값 천 원 내고 먹어.
태호	(어이없음) 이 마트의 5분의 1이 내 건데, 사탕 하나도 못 먹냐?
호랑	그럼 그 사탕 정확히 5분의 1만 먹든지! 자신 없음 천 원 내나~
태호	아우~ 유치한 놈~ (계산대에 5만 원 탁!) 야! 잔돈 내놔!

호랑, 보란 듯이 5만 원 집어서 포스기 앞에서 여기저기 두드리는데 꼼짝도 안 한다. 잔돈함이 있을까 싶어 여기저기를 뒤지는데 계산대 아래 초코파이 상자가 있다. '이거다!' 싶어 상자를 열면 그 안에 밀린 재산세, 각종 관리비 등등의 고지서들. 빨간 글씨로 '독촉'이라 쓰여 있는 고지서와 압류 예고 서류까지… 호랑, 가슴이 덜컹 내려앉는다. 호랑의 표정 보고 무슨 일인가 싶어 다가오는 태호.

태호	(와서 고지서 보고) 독촉장…? 압류? 여기 다 우리 이름이잖아.
호랑	(뭔가 심상찮다) 너 윤봉수 사장 연락처 알지? 전화해 봐.
태호	(전화 건다. 받으면) 여보세요? …왜 전화했냐뇨~ 아 끊지 마세요~
호랑	(지켜보다 뺏어서) 사장님. 3일 드리겠습니다. 미납된 세금 다 처리하세요.
봉수	[F] 고지서에 나온 이름이 윤봉수야? 최호랑이야? 이름 박힌 사람이 세금 내세요~ (옆에서 짜증 내는 여자 목소리 "자기야, 누구랑 통화해?") 나 바쁘니까, 끊어. (끊는)
호랑	(분이 가시지 않는) …이 양아치들… 세금을 떠넘겨?!!
태호	그래도… 세금 합쳐봐야 얼마 되겠냐? 마트 팔아서 내면 되지.

S#21. 부동산 밖, 낮

부동산 외경에서,

호랑/태호	[E] 네?!!!! 마트가 안 팔려요?

절망적인 표정으로 부동산을 나오는 호랑과 태호 얼굴 위로

부동산 사장 [E] 보람마트 매물로 나온 지 벌써 1년이 넘었어요~ 근데 보러 오는 사람이 없어. 그렇게 장사 안 되는 가게를 누가 사겠어요~

호랑 (생각할수록 암담한데… 전화가 걸려온다. 멈춰서 받는) 네, 형~

물류 매니저 [F] 호랑아, 진성마트 사장이 팀장한테 전화해서 생난리를 쳤나 봐.

호랑 (표정이 어두워진다) …그럼 제가 진성마트 사장님한테 얘기할까요?

물류 매니저 [F] 그럴 필요 없고, 너 당분간 쉬고 있어. 연락할게.

호랑 (충격. 그러나 괜찮은 척) 알겠어요. 형. (전화 끊고 멘붕)

태호 (침통한 호랑을 보고 눈치 보다가) …세금… 어떡하지? 압류한 대잖아.

호랑 (결심한 듯) …나머지 소유주도 불러들이자.

S#22. **이준의 작업실 스튜디오, 낮**

심플하고 미니멀한 사진 스튜디오 느낌의 작업실에 조이준(남/29세) 목소리만 울려 퍼지고 있다. 촬영 배경이 되는 벽 앞에 의상이 걸린 행거 3~4개 놓여 있고 양쪽에 간단한 조명기. 맞은편에 카메라가 삼각대에 고정되어 있다.

영상속이준 [F] 아우~ 쟤 꼴 보기 싫어~ 근데 살다 보면 그런 인간 만나야 할 때 있잖아 왜 우리. 외모에 최선을 다하긴 싫은데 허접 되긴 싫고.

한쪽 벽에 놓여진 책상 위 노트북에서 이준의 동영상이 플레이되고 있다.

영상속이준   [F] 그럴 땐! '패션 솔로몬 쭈니 J'를 찾아주세요~~!! 준이는 요~ 꾸안꾸 스타일의 쿨톤!! 추천 들어갑니다. 우리 진상들 한테도 쿨해지자고~ (파란 재킷 걸치며) 파란색 추천!!

이준   [E] 아 왜 파랑이냐고!!! 미친 거야? 빨강이 나와줘야지~~!!

알고 보니 노트북 앞에서 핸드폰의 주식 창을 보고 있던 이준. 안절부절 상태. 주식 창의 종목들이 온통 파란색이다. 그중 하한가를 향해 고꾸라지는 한 종목. 이준, '제발…' 기도하며 하한가 종목만 눈 빠지게 들여다보고 있는데, 영상 속 이준.

영상속이준   [F] 오늘은 블루~ 파란색으로 마무리하자. 바이바이~~

이준   [E] (핸드폰 보며) 가지 마~~~~~~~~

핸드폰 주식 창을 보며 비명을 지르는 이준. 핸드폰 창엔 하한가를 기록한 종목.

이준, 넋이 나가 있는데 댓글 알림이 뜬다. 확인하면,

꼴 뵈기 싫은 쭈니 J 만나러 갈 땐 어떻게 입어야 하나요?

이준   (화풀이하듯) 아우씨~ 일빠가 싸이코야~ (댓글 삭제한다.)

또 댓글.

5년 동안 활동하고도 정산 못 받은 등신 조이준을 만나고 싶을 땐
어떻게 연락해야 하나요?

이준   뭐야?

지우려는데 또 댓글.

보람마트 소유주 조이준 귀하
내일 16:00 보람마트 주주총회에 모십니다 - 어흥

이준   (긴가민가) 최호랑?··· 보람마트 주주총회라고··· ??

S#23.　　**시골의 소 축사. 낮**

축사 안에서 삽으로 소똥을 치우는 남자(은영민/29세)의 분
주한 손. (얼굴 안 보인다.) 눈이 보이지 않을 정도로 푹 눌러
쓴 밀짚모자 아래로 땀이 후드득 떨어진다. 옷으로 대충
땀을 닦고 다시 일하려는데 문자가 온다. 확인하는 영민의
뒷모습.

[E] 은영민. 5년 만이다.
우리, 보람마트 소유주가 되었다. 내일 볼 수 있을까? - 어흥

영민은 문자를 읽자마자 삽을 내려놓더니 축사 옆 작업장
으로 성큼성큼 간다.
의미심장하게 칼 들어서 확인하면 순간, 칼에 햇빛이 비치
며 반짝하고 빛을 낸다.

S#24.　　**공항 출구(다음날. 낮)**

공항 출입구 자동문이 열리고, 기타를 매고 캐리어를 끌고
나오는 윤상우(25세/남). 오랜만에 온 한국이 낯선 듯 두리
번거리는데 문자가 온다. 확인하는데,

[E] 공항 도착하면 전화해 - 어흥

문자 입력하는. '저도 이제 어른이에요. 혼자서 갈 수 있어요. (주먹 불끈 이모티콘)'

문자를 입력하다 생각에 잠기는 상우

상우 [E] 그 전에 만날 사람이 있어요.

S#25. **보람마트, 낮**

깨져있던 마트 문이 새걸로 교체돼 있다. 그 앞에서 호랑, 대걸레로 바닥의 그을음을 닦고 있는데 마트 안에 모든 불이 환하게 켜진다.

전기기술자 (호랑 보며) 전기 수리 끝났습니다. 근데 가게가 워낙 노후돼서요. 가끔 정전될 수 있어요.

호랑 (황당) 정전이요?

전기기술자 (계산대에 영수증 놓고) 이리로 수리비 넣어줘요~ (나가는)

호랑, 한숨 쉬며 영수증을 보는데 마트 문을 열고 누군가 들어온다. 예림이다.

호랑, 어디선가 봤던 얼굴 같은데 기억이 안 난다.

예림이 전투적으로 마트의 플라스틱 장바구니를 들자, 호랑은 당황스럽다.

호랑 (예림 앞에 서며) 장사 안 하는데요?

예림 (1도 개의치 않는다) 문 열었잖아요.

호랑 문은 열었지만 장사는 안 합니다.

예림 (파워당당) 과일은 안 좋아하지만 오렌지는 좋아해요.

호랑 네????

예림 저희 엄마가요. 오렌지 좋아하셨거든요. 제사상에 꼭 올려야 돼요.

호랑 ('제사'라는 말에… 더 말리지 못한다.)

예림 …새로 온 알바생이에요? (두리번거리며) 사장님은 또 데이트 갔나? (과일 코너로 가며) 그래도 청소는 해놨네?

호랑 (예림의 오지랖에 어이가 없다.)

[cut to]

예림, 계산대에 오렌지, 국물멸치, 부침가루, 무, 계란, 소주, 쌀 10kg… 올려놓는다. 옆에서 멀뚱히 보고만 있는 호랑에게 계산하라는 고갯짓을 하는데. 뻘쭘하게 계산대로 와서 선 호랑, 부침가루를 들고 여기저기 가격을 찾는다.

예림 (보다 못해) 저기요… 알바 며칠 차예요?

호랑 (완전 주눅 든) 그래서 장사 안 한다고 했잖아요…

예림 마트 업무의 꽃은 포스기예요. 이것도 할 줄 몰라서 장사 안 한다고 한 거예요? 지금? (그러다 나오라는 손짓하며) 나와

봐요.

호랑   (예림의 포스에 밀려 계산대에서 물러나는데)

예림   (포스기 앞에서 손가락을 현란하게 풀더니) 잘 봐요~

바코드기가 허공에 던져진다. 바코드기를 낚아챈 예림은 마치 지휘자처럼 물건들을 다다다 찍고, 포스기를 자유자재로 누르더니 신용카드를 넣어 결제를 끝낸다. 웅장한 소리와 함께 영수증이 나오자, 그 모습을 놀라운 눈으로 지켜보는 호랑. 예림은 포인트 입력까지 하고, 종량제봉투를 탁탁 털어 물건을 야무지게 담는다. 그러고는 계산대 옆 '배달 종이'에 주소와 이름 적고는,

예림   (계산대에 쌀 포대 올려놓고) 쌀은 이따 집으로 배달해 주세요.

호랑   배달이요? 왜요?

예림   알바생이 인수인계를 너무 허투루 받으셨네. 제가 보람마트 알바만 7년 차거든요? 3만 원 이상 사면, 배달 무료예요. (물건 들고나간다.)

호랑   ('마트계의 달인'을 영접한 느낌. 가는 예림을 감탄하며 본다.)

S#26.   야외 수목장 공원, 낮

잔디밭에 누워 눈을 감고 있는 상우. 살랑 바람이 불더니

나무에서 흰 꽃들이 후두두 떨어져내린다. 바람 소리에 스르륵 눈을 뜨는 상우. 떨어져내리는 흰 꽃들을 발견하고는 "아악!!" 비명을 지르며 벌떡 일어난다. 손등에 내려앉은 흰 꽃송이를 보고 그제야 안심한다.

상우   (호흡 가다듬으며) 놀래라… (옆에 대고 얘기하듯) 진짜 눈인
           줄 알았다니까. (옆으로 고개 돌려보는데)

상우가 고개를 돌려보는 곳, 그곳에 초록빛 잎사귀가 싱그러운 나무 한 그루가 있고, 그 아래 '故송현이' 새겨진 나무 팻말이 있다. 팻말을 보고 조잘조잘 얘기하듯,

상우   (흰 꽃 집어서) 이거 보고도 놀라면, 진짜 눈 오면 나 어떡하
           지? 호랑이 형한테 나 이제 어른이라고 큰소리쳤는데… (애
           잔하게 나무 팻말 보며) 형들은 이제 어른 됐겠지?

S#27.   보람마트, 낮

붉은 의상에 선글라스, 유난스러운 헤어스타일로 마트에 들어선 이준. 셀카봉을 들고 동영상 촬영을 하며 들어온다.

이준   여러분~ '마트 소유주!' 쭈니 J의 브이로그~ 여기가 어디냐

면요~

그때, 이준의 카메라 화면 속에 귀신처럼 스윽 나타나는 호랑

이준   어우 깜짝이야!!! (하고 뒤돌아 호랑 보는)

호랑   (반갑지만, 쑥스러워서 괜히) 한결같이 유난스럽다 조이준. 옷은 시뻘게 가지고, 고추장이냐?

이준   (녹화 종료 버튼 누르고 카메라 내리며) 만나자마자 내 패션을 논한다고? 미쳤구나. 나 패션 셀럽이야~

호랑   알아. 구독자 440명. 5년 해서 그만큼이면 때려쳐야 되는 거 아냐? 심지어 그 440명 안에 나 있다.

이준   (바로 화색 돌며) 정말?!! 언제 또 말도 없이 구독 버튼 눌렀냐??

호랑   구독하기 누르고, '싫어요'도 눌렀어. 니 영상 겁~나 싫어서.

이준   (빈정 팍 상한) 야! 구독 취소해! 나 구독자 439명으로 살 거야!

그때, 태권도복 입고 헐레벌떡 들어오는 태호. 그 모습 보며 기가 차는 호랑.

호랑   (태호 보며) 애들 패션 가지가지 하네.

태호	꼬맹이들 셔틀 내려주고 바로 왔어~ 관장님 전화 오기 전에 빨리 얘기하자. (그러다 이준 보고 웃는) 올~ 조이준!! 태양 초냐?
이준	(짜증 나는 거 참고) 그래… 같은 그룹이긴 했나 부다. 패션 보는 눈이 공통적으로 후져. 어으…

이준, 계산대 둘러보다 쌀 포대 위에 주소 종이 놓인 거 보고,

이준	이건 뭐냐? (무심히 주소 종이 보고) 쌀 배달? (호랑에게) 쌀 팔았어?
호랑	(당황한 듯 뛰어와 종이 가로채며) 아 일부러 판 게 아니라…
태호	뭐야, 마트 팔자고 모인 거 아냐? 근데, 장사하자고?
호랑	(단호한) 장사 안 해. 근데… 과일은 싫지만 오렌지를 좋아하신대.
태호	(황당) …기분 탓인가? 니 말이 개소리로 들려.
이준	(무심히 예림의 영수증 보며) 그래도 6만 2천 원 벌었네.
태호	(귀가 번쩍) 뭐? 6만 2천 원…? (가서 영수증을 확인한다.) 진짜네…

그때, 마트 문을 열고 아줌마 손님 한 명이 들어온다.

| 호랑 | (아줌마를 향해) 장사 안 합니… |

태호　　　　(손으로 호랑의 입을 확 막는다) 야… 오는 손님 어떻게 말려~
　　　　　　(쌀 포대와 주소지 안기고 등 떠미는) 넌 쌀 배달이나 하고 와.

　　　　　　호랑, 얼떨결에 쌀 포대 떠안고 태호 보면, 태호가 이준을
　　　　　　데리고 손님 옆을 졸졸 따라가고 있다. 이게 뭔 상황인가
　　　　　　싶다가… 쌀과 주소지를 보고는 배달하러 나간다.

　　　　　　[cut to]
　　　　　　채소 코너에서 아줌마가 비닐에 담은 감자 태호에게 건네
　　　　　　며,

아줌마　　 이거 한 봉지에 얼마예요?
태호　　　　(저울에 감자를 올려놓고 이것저것 눌러보는데 모르겠다.)
이준　　　　(그 옆에서 쿨하게) 이천 원 주세요. 아, 비싼가? 천오백 원!
아줌마　　 (가격 듣고 깜놀!!!!) 천오백 원? 한 봉지에? (다급히 문자 보내는)

S#28.　**진성마트, 낮**

마트 양 문이 활짝 열리더니 십여 명의 아줌마들이 부리나
케 밖으로 나온다. "감자 한 봉지에 천오백 원이래" "사장
이 미친겨, 알바가 미친겨?" 하며 우르르 간다.

S#29. **예림집 앞. 낮**

호랑, 쌀 포대를 한쪽 어깨에 이고 아담한 단독주택 앞에서 주소를 확인한다. 열려있는 대문 안으로 들어가 현관에서 초인종을 누른다. 안 열리는 문. 다시 초인종을 눌러 기다리는데 역시나 열리지 않는다. 다시 누르자, 문이 열리고 예림(앞머리에 구르프, 위아래 핑크 파자마)이 나온다.

예림   (답답해서 따지듯) 포스기도 처음, 배달도 처음이에요? 초인종 누르고 쌀 놓고 가면 되지~ 이래서 배달 시간 어떻게 맞춰요?

호랑   (억울한) 아니… 놓고 갔다 누가 가져가면 어떡해요. 기껏 기다렸더니…

그때 예림 손에서 핸드폰 문자 진동이 울린다. 확인하는데 액정이 완전히 깨져있다.
예림, 수신된 문자가 안 보이는 듯. 깨진 액정을 보자, 호랑은 예림 얼굴이 기억난다.

[INS] 플래시백

예림   (호랑 손에 핸드폰 보고 놀라며) 어? 액정!! 제 폰 박살 났잖아요~~

호랑	(따지고 싶다) 저기… 우리 공연장에서…
예림	[OL] 혹시 마트에 도움 필요하면, 저한테 알바 찬스 1회 요청하세요. 대신!!! 핸드폰 한 번만 쓸게요. (깨진 액정 들며) 문자가 안 보여서요.
호랑	(계속 혼난 기분에 괜한 오기가 생긴다) …싫은데?
예림	하… 역시 허락받는 건 적성에 안 맞아. (호랑 손에 있던 핸드폰을 홱 낚아채서 빠르게 전화를 건다.)
호랑	(어이없이 또 당했다) 참나…
예림	(이미 전화통화) 안녕하세요. 면접 봤던 지원잔데여~ 혹시 전화로 면접 결과를… 아! 오.예.림이요. (기다리다가 답을 들은 듯 갑자기 표정 어두워진다) 아 네… 혹시, 왜 떨어졌는지는… (상대가 끊었다)

무거운 표정으로 핸드폰 든 손을 내리는 예림. 호랑, 예림의 표정을 살피는데.

S#30.   보람마트 안. 낮

채소 코너에 서서 아줌마들에 둘러싸여 있는 이준. 옷이 구겨지는 것도 짜증 나고, 시끄럽고 집에 가고 싶은 맘뿐인데 그때,

아줌마1	어머~~ 마트 알바생이 무슨 연예인처럼 잘생겼다~~.
이준	(귓가에 '연예인처럼 잘생겼다~' 이 말이 메아리처럼 계속 들린다. 두 눈이 번쩍 뜨이고 입가에 미소가 지어진다. 관종 본능이 깨어난다.)
아줌마1	이거 양파 한 망에 얼마야?
이준	아~ 양FA~ 쿨하게, 천 원 한 장 받겠습니다!
아줌마들	어머~~ 웬일~~ (너도나도 양파 한 망씩 가져간다.)

아줌마들 옆에서 두리번거리는 배낭 멘 중년 느낌의 한 남자(은영민/29세), 양파엔 관심 없는 듯 둘러보더니 정육 코너를 발견하고 말없이 직진한다.

[cut to]
잔뜩 화난 남자 셋(도매상 1, 2, 3)이 마트로 들어와 계산대에 있던 태호에게 따진다.

도매상1	마트 새 주인이 누굽니까? 얘기 좀 합시다. (앞서 나가는)
태호	(뭔 상황인지 얼떨떨)

S#31.　　보람마트 밖. 낮
도매상 남자 셋이, 태호를 마주 보고 서 있다.

도매상1	(따지듯) 더는 못 참습니다. 당장 외상값 갚아요.
태호	(충격) 외상값이요?????
도매상2	우리가 몇~달을 돈 안 받고 물건만 대줬었다고. 윤 사장이 하도 죽는소리 하길래. 아 마트 넘겨받았을 때 들었을 거 아녜요~
태호	(여전히 얼떨떨) 저는… 아무것도 몰라요…
도매상3	모른다면 다예요?
도매상1	(짜증) 아 객쩍은 소리 할 것도 없어~ (태호 보고) 네 달치 외상값 갚아요. 당장!!!
태호	(한숨 밖에 안 나오는데) 대체… 밀린 외상값이 얼만데요?

도매상들, 기다렸다는 듯이 태호 앞에 청구서 뭉치를 내민다. 태호, 청구서들을 받아 대강 금액을 계산해 보는데, 점점 눈이 커진다.

| 태호 | 이… 이게 얼마야…??? |

S#32. **예림 집 앞, 낮**

예림, 좀 전보다 풀 죽은 얼굴로 호랑에게 와서 핸드폰을 건넨다.

호랑	(받으며)…괜찮아요?
예림	(덤덤) 열아홉 번째 불합격이라… 제법 덤덤해요. 폰 고마웠어요.
호랑	(놀리듯) 고마우면 포토카드 하나 더 주든가.
예림	네… (화들짝) 네???? (그때 생각에 민망) 아 그때 공연장…?
호랑	('태호'에게 전화가 온다. 받으면) 어 왜?
태호	[F] (거의 울 듯) 최호랑!! 대형폭탄 떨어졌어!! 빨리 와! (끊는)
호랑	(무슨 일인지 걱정되는데, 이준에게도 전화가 온다) 뭐지…? (받으면)
이준	[F] (느긋) 호랑아!! 계산기 이거 어떻게 하는 거야? (하는데 주변에서 아줌마들 아우성)
호랑	포스기 말하는 거야? 그게… (상황을 직감하고) 기다려. 갈게.

전화 끊은 호랑. 2~3초 멍해져 있다. 예림, 그러거나 말거나 집 안으로 들어가려는데 몸이 안 돌아간다. 뭐지? 하고 옷 소매 내려다보면, 호랑이 예림의 잠옷 소매를 엄지와 검지로 살포시 잡아당기고 있다. 예림, 호랑을 보면

호랑	지금 필요해요. 알바 찬스.

74

주택가 골목길, 낮

호랑과 예림이 골목길을 정신없이 질주해 온다. 전투적으로 뛰는 호랑, 그 뒤에서 파자마 차림으로 뛰고 있는 예림. 잠옷이 창피한지 손으로 얼굴을 가린다.

호랑   (뛰다가 멈춰서 뒤돌아 예림 보며) 더 빨리 뛰면 안 돼요?

예림   아 옷 갈아입을 시간을 줬어야죠~ 잠옷 쪽팔리단 말이에요…

호랑   (의아한) 잠옷이었어요? 귀여워서 몰랐네…

예림   (무슨 소릴 들은 거지? 귀.엽.다.고? 얼굴이 빨개진다) …뭐예요… (하고 화끈거리는 볼을 더 가리는데)

호랑   (진지) 안 가려도 돼요. 귀엽다니까. (보다가) 아니면, 내 뒤에 숨어서 뛰어요.

호랑, 예림 앞에 넓은 등을 내보인다. 예림, 올려다보면 뒤로 호랑이 왼팔을 내민다.

호랑   잡아요~

예림   (화들짝) 미쳤어요? 손잡게?

호랑   (뒤돌아 예림 보고) 아니 손 말고, 소매요. (한 번 더 자신의 소매를 당겨 보인다)

예림, 하는 수없이 호랑의 왼팔 소매를 쭈욱 잡으면, 달리기 시작하는 호랑.

뒤에서 아이처럼 소매를 붙들고 달리는 예림.

S#34.　　**보람마트 안. 낮**

계산대에 잔뜩 줄 서 있는 손님들. 빨리 계산해 달라고 난리인데. 이준은 포스기 앞에서 종이로 된 '포스기 사용설명서'를 서툴게 넘겨보며 태평하게 하나씩 눌러본다. 그때, 한 할머니가 소고기 한 덩어리를 이준에게 들고 온다.

할머니　　소고기 좀 썰어줘. 국거리용으로.

이준　　　고기요? …잠시만요. 찾아볼게요. (핸드폰 꺼내 여유만만 검색)

할머니　　(황당해하는데) 아 고기 써는 법도 몰라?

영민　　　[E] 할머니, 고기 좀 줘 봐유.

할머니　　(목소리에 뒤돌아본다)

[cut to]

정육코너. 도마 앞에 서서 배낭에서 긴 상자를 꺼내는 영민. 상자 안엔 예리한 칼이 들어있다. 영민은 결대로 쓱쓱 고기를 자른다. 그 앞에서 만족해하는 할머니.

이준   (카운터에서 영민의 그 모습 보며) …누구지?

S#35.   보람마트 입구 밖, 낮

여전히 도매상들 앞에서 쩔쩔매고 있는 태호. 그때, 호랑과
예림이 뛰어온다.

태호   (호랑에게 뛰어와서) 도매상들 외상값이 3천만 원이 넘어. 어
          떡해~~

하면서 호랑에게 거래내역서, 외상값 영수증을 건넨다. 살
펴보는 호랑, 암담한데… 옆에서 예림이 영수증을 가져가
꼼꼼히 본다.

예림   (피식 웃으며) 아주 덮어 씌우려고 난리네요.

호랑/태호 (예림의 여유, 기세에 눈이 휘둥그레)

예림   (도매상 1에게 가서) 사장님. 지난번에 혼자 오셔서, 외상값
          먼저 좀 받아 가셨잖아요? 받아 간 금액, 영수증에 표시
          안 하셨네요?

도매상1   (크게 당황하며) 아… 그건 깜박하고…

태호와 호랑, 예림의 카리스마에 놀라는데. 예림, 다음으

로 도매상 2에게 간다.

예림   (영수증 보며) 사장님이 떼온 물러터진 딸기랑 썩은 귤, 사과.
            그거 왜 외상값에서 안 빼셨어요? 그때 분명 항의했는데?

도매상 2   (당황하면서도 모른 척) 그게… 들어가 있나? 뺀 줄 알았는
            데…

            예림, 다음으로 도매상 3에게 가려는데, 그때, 호랑이 도매
            상들 앞에 나선다.

호랑   그동안 물건 받아서 판 사람은 윤 사장님이지만, 그래도 저
            희한테 마트가 왔으니까요. 외상값, 갚을게요.

태호   (놀라며 호랑에게) 야…

예림   (호랑을 본다)

호랑   대신, 조금만 기다려주세요. 마트 안에 보시면 손님들도
            많습니다. 이럴 시간에 얼른 가서 장사를 해야 외상값도 빨
            리 갚죠.

            호랑, 간절한 눈빛으로 도매상 1, 2, 3을 본다. 무안해진 도
            매상들. 그때, 도매상 3이

도매상 3   다들 바쁜 거 같은데 오늘은 이만 가자구~ (둘 데리고 간다.)

호랑, 다행이라는 듯 긴 숨을 내쉬며 도매상들을 본다. 태호는 놀랍다는 듯 예림과 호랑을 보는데.

예림   (태호 보며) 이 정도 일로 쫄아서 전화했어요? 참나… (마트 들어간다.)

태호   (예림 보고) 쟨 누구야? 너랑 케미가 맞는다?

호랑   호구조사는 나중에 하고 들어가자. 이준이 똥줄 탄다.

태호 들여보내고 호랑도 들어가려다 어딘가를 보고 시선이 멈춘다. 입가에 미소.

S#36.   **보람마트 안. 낮**
반가워하는 형들 얼굴 각각

태호   상우야!!!

이준   (양손에 상추 든 채로 달려오며) 상우야!!

예림   (계산하다 말고 입구 보면)

마트 입구에 상우가 서 있다. 그 뒤에 따뜻한 얼굴로 호랑이 상우를 보고 있다. 그때, 누군가 뛰어오며 외치는 소리

영민   [E] 막둥아~~~~~~!!!
         모두 소리나는 곳을 보면, 양손에 목장갑 끼고 달려온 정
         육점 아저씨(영민). 호랑, 태호, 이준, 상우 모두 눈을 꿈뻑꿈
         뻑하며 누군가 보는데,

상우   (알아보고 표정 환해지는) …영민이 형?
영민   (눈물이 글썽글썽해서 상우를 와락 껴안는다) 그려~ 형이여~
이준   은영민…이라고? 야, 세월이 그동안 너한테 무슨 짓을 한
         거야?

         멤버들이 어떻게 보거나 말거나 영민은, 감격스러운 듯 상
         우를 안고 있다.

S#37.   **보람마트 밖, 밤**
         마트 간판의 불이 꺼진다.

S#38.   **보람마트 안, 밤**
         손님이 모두 가고 난 마트에 다섯 멤버들이 모여 앉아있다.
         어색하고… 감회가 새롭다

호랑	(멤버들 둘러보며) 다들… 잘 지냈냐… 5년 만이네…
영민	나는 어제 밤잠도 설쳤는디… 와 보니 편안햐~ 여긴 그대로여. (웃음)
태호	보람마트가 안 망하고 지금까지 있는 건 우리 덕 아니냐?
이준	아 그쳐!! 우리가 연습하면서 사 먹은 라면만 수십 박스 될걸?
상우	가끔 좋은 것도 먹었잖아요. 우리 데뷔 확정됐다고, 호랑이 형이 여기서 10만 원어치 고기 샀잖아요. (웃음)
호랑	(다시 떠올리니 짜증) 과자나 집을 줄 알았지… 이것들이 고기를… 하…

호랑의 말에 웃는 상우. 멤버들, 마트 둘러보며 추억에 젖는데, 그때 예림이 온다.

예림	(호랑에게) 정산 끝났어요. 저 2시간 25분 일했거든요. 시급은 만천 원 기준으로 계산해서 입금해 주세요.
호랑	(예림에게) 3시간 시급으로 줄게요.
예림	저 셈법 확실한 알바거든요? 기분 내다가 마트 망해요. 참! 윤 사장님한테 3.3프로 좀 떼고 입금하라고 전해주세요. (투덜거리며) 맨날 얘기해도 몰라… (가는)

다섯 멤버들, 뭔가 혼난 학생들처럼 예림 얘기 듣고 있다가,

나가는 거 보고

태호   (호랑에게) 쟤 진짜 누구야? 재야의 마트 고수냐?

이준   파자마 입고 알바하는 거 유니크한데? 내 채널에 섭외할
까 봐.

태호   조이준! 넌 조용히 해!! 양파 한 망에 천 원이 뭐냐? 바쁘기
만 오지게 바빴지, 실속이 없어.

영민   (싱글벙글) 그래도 마트 장사 재밌던디?

상우   근데 우리 왜 여기 모인 거예요?

호랑   우리가, 보람마트 소유주들이니까.

나머지 사장들(집중해서 호랑을 바라본다)

호랑   5년 전에 보람 음료에서 광고 찍었던 거 기억나지? 그때 못
받은 광고료 대신해서 보람마트를 줬대. 최대한 빨리 마트
팔아서 다 같이 수익 나눠갖자.

태호   (궁시렁) 수익 같은 소리 하고 있네… 그 전에 압류당하게
생겼구만…

상우   (어리둥절) …압류?

호랑   (태호 노려보며) 신태호! 애들 앞에서 쓸데없는 얘기하지
마!! (머리 지끈, 한숨 쉬며) 내가 부동산에 더 알아볼게. 넌
가만히 있어.

태호   (기분 확 상한) 니가 뭔데 가만히 있으라 마라야. 넌 아직도 니가 리던 줄 아냐?

호랑   야!! 그런 얘기가 아니잖아!!

그 순간, 마트 안의 모든 불이 나간다. 정전이다. 멤버들, 허둥지둥 핸드폰 라이트를 켜고, 호랑은 벽 스위치를 찾아 일어나는데, 유리문 밖에 손님의 검은 실루엣이 보인다.

호랑   (문밖 손님에게) 장사… 끝났는데요.

그 순간, 번쩍하고 번개가 내리친다. 번개 불빛이 비치자, 유리문 밖에 기괴한 가면을 쓴 남자가 서 있다. 꺄악~~ 하며 서로 부둥켜안는 상우, 이준, 태호, 영민. 본능적으로 경계심을 품는 호랑의 얼굴에서 엔딩.

1화 엔딩

꼭! 할 고구마

Episode
2

보람마트 안 – 1화 엔딩과 연결, 밤

하늘에서 번쩍하고 번개가 내리친다. 번개 불빛이 비치자, 유리문 밖에 기괴한 가면을 쓴 남자가 서 있다. 꺄악~~ 하며 서로 부둥켜안는 상우, 이준, 태호, 영민. 호랑, 경계 가득한 눈으로 지켜보는데 가면남이 스르르 유리문을 열고 들어온다. 남자는 말없이 뚜벅뚜벅 들어와 마트를 둘러본다. 멤버들은 모든 촉각을 곤두세우고 가면남의 움직임을 주시하는데,

호랑   (정적을 깨고) 장사… 끝났는데요.

가면남, 호랑에게 시선이 꽂힌다. 호랑에게 그대로 직진한다. 나머지 멤버들은 가면남의 행동에 숨도 제대로 못 쉬고 긴장하며 지켜본다. 가면남이 호랑 앞에서 걸음을 멈추는데, 그 순간 마트의 불이 환하게 켜진다. 가면남은 옆 칸에서 풍선껌 하나를 집더니 카운터로 가 천 원을 올려놓고 간다. 멤버들은 그제야 숨을 돌리는데, 나가다 말고 뒤를 돌아보는 가면남. 눈으로 마트 천장 이곳저곳을 훑더니 그제야 문을 열고 나간다.

이준   (겨우 긴장이 풀린다) 하… 비싼 옷에 오줌 지릴 뻔했네.

태호   (여전히 심장 뛰는) 아씨… 껌 하나 사러 와서, 겁나 폼 재고

가네.

영민   (거의 호흡 곤란) 그놈의 가면은 뭐여?

상우   (심각한) 얼굴은 안 보여도, 마트 여기저길 훑어보는 느낌이
          던데요…?

상우의 얘기를 듣고 호랑, 문으로 가서 가면남이 간 쪽을
바라본다. 뭔가 수상쩍다.

「사장돌 마트」 02. 꼭! 할 고구마

S#2.   태권도장, 다음 날, 낮

낡고 빛바랜 썬더보이즈의 단체 브로마이드가 벽에 테이
프로 대충 붙여져 있고, 도장 안엔 썬더보이즈 과거 타이
틀곡이 울려 퍼지고 있다. 유치원생 여섯 명이 노래에 맞춰
서 품새인지 율동인지 모를 동작을 신나게 춘다. 태호는 구
석 의자에 눕다시피 앉아서 손으로 차 키 홀더만 빙빙 돌
리고 있는데,

태호   (중얼거리는) 꼬맹이들 율동하라고 만든 곡인 줄 아나…
          남의 귀한 타이틀곡을… (하는데 눈앞으로 발이 날아온다.)
          악!!!!

놀라서 의자 뒤로 벌렁 자빠진다. 이 모습을 본 어린이들은 배꼽을 잡고 웃는다. 태호가 짜증 내면서 일어나면, 도복을 입고 장군처럼 서 있는 태호의 누나, 신태영(여/30대 중반/샛별 태권도장 관장). 살벌한 기운이 감돈다. 묵직한 카리스마로,

태영   (태호에게) 5분만 애들 지도하랬더니, 놀고 앉았어?

태호   (쩔쩔매면서도 능글) 관장님, 그게 아니라… 고민이 있어서 그래요…

태영   (열받지만 꾹꾹 누르며) 고민 있다고 일 안 하는 놈은 너밖에 없을 거다. 월급이 간절하지가 않지?

태호   관장님! 아니 누나, 월급 너~무 간절해. (애교) 좀만 더 올려줘~

태영   (어이없다. 한 대 칠 분위기로 태권 자세를 취하며) 너 좀 맞자!

태호   (거의 애원) 아 애들 가르칠게~

태영   그럼 당장, 애들한테 태권 댄스 가르쳐.

태호   (질색) 그건 좀 그르치~~. 나 전직 아이돌이야! 이런 데서 춤 안 춰.

태영   (한심해서 뒤통수를 날린다) 으이그!!!

태호   (오버해서 더 아픈 척) 아!!! 아파~~.

유치원생들이 한심하게 그 모습을 보고 있다.

민채(여)	혼날 만해. 내가 아무리 미운 일곱 살이지만 저 정도 밉상은 아냐.
상혁(남)	(태호에게) 저희도 운전기사 쌤한테 춤 배우기 싫거든요~.
태호	(빈정 팍 상한) 나 운전기사 아냐~ 전국체전도 나갔어~.
민채(여)	뻥치지 마세요~ 옛날에 쌤이 돌려차기 해서 관장님 쌍코피 났다는 것두 뻥이죠?
태영	(태호를 무섭게 노려보는)
태호	누나… 내가 딴 데 돈 쓰려는 게 아냐. (급진지해지며) 놀라지 말고 들어. (태영 가까이 가서) … 사실 지금 내 명의로 된 마트가 있어.
태영	[OL] 철 좀 들어!! 너도 내년이면 서른이야. 태권도 때려쳐, 아이돌도 때려쳐. 지금까지 네가 해 놓은 일이 뭔데?
태호	(자존심 상하지만 할 말이 없다.)
태영	월급 더 받고 싶으면, 번듯하게 돈벌이를 해! 생떼 부리지 말고.
태호	(쓸쓸하지만) …역시 태권도 7단은 다르네. 말로도 격파를 해… (기운 없이 나가다가 아이들 쪽을 보며 근엄하게) 배신한 어린이에겐 자비란 없다. (놀리듯) 민채가 상혁이 좋아한대요~~. (메롱)

민채, 얼굴 빨개져서 두 손으로 얼굴을 가린다. 태호, 놀리고 잽싸게 나가려는 순간,

태영이 태호의 뒷목을 잡아당기려는데, '쏙~' 하며 본능적으로 싹 피하는 태호. 그 모습 보며 민채와 상혁, 신나게 웃는다.

태영   (잔뜩 약오른) 너~ 근무 태만으로 월급 50프로 삭감이야!!

S#3.   **농수산물 도매시장 입구, 낮**

공사장에서 인부들이 열심히 시멘트 포대를 나르고 있다.

[cut to]

포대를 내려놓고 땀 닦는 호랑. 그에게 인부 1이 다가와 생수를 건네며,

인부1   니 부산 공사 얘기 들었제?

호랑   부산 공사요…?

인부1   회사에서 부산 공사 따낸 거 모르나? 한 반 년 거서 작업하믄 돈도 꽤 모일 끼다. 공사 끝나고 니 그동안 모은 돈 합쳐가, 중장비 사라. 니 프리 기사 뛰는 게 소원 아이가? 부산 갈끼제?

호랑   (좋아하는) 좋죠! 부산 갔다 올 때쯤이면 적금도 만기되고… 생각보다 소원, 빨리 이뤄지겠는데요? (미소 짓다가 어딘가

보는데)

저 멀리 70대 남자(박 사장)가 트럭에서 힘겹게 고구마 박스를 내려 끌차에 옮겨 싣는다. 가득 실은 끌차를 미는데 바퀴가 멋대로 움직이더니 고구마 박스가 우르르 바닥에 쏟아지고, 박 사장은 휘청이며 쓰러진다. 호랑, 빛의 속도로 뛰어가 박 사장을 일으키고 주변에 널브러진 박스를 보더니,

호랑   어르신, 박스 두세요. 제가 처리할게요. (하고 트럭으로 뛰어간다.)

박 사장   (그런 호랑을 지켜보는데)

S#4.   박씨네 청과, 낮

고구마 박스를 잔뜩 실은 호랑의 트럭이 박 사장의 가게 앞으로 와 정차한다.
운전석에서 내린 호랑, 트럭에서 끌차를 내리고 박스를 옮겨 담는다. 가게 앞 의자에 앉아서 그 모습을 지켜보는 박 사장. 옆 가게 아줌마가 요란스럽게 뛰어온다.

옆 가게   박 사장님 큰일날 뻔했네~. 그러게 왜 알바를 일찍 보냈어
아줌마   요~? 알바 청년 감기 걱정하다가 사장님이 큰 병 날 뻔했

네.

박 사장	(대꾸 없이 호랑을 지켜본다.)
아줌마	(호랑 보며 미소) 일도 잘하고 잘생긴 청년이네?
호랑	(박 사장에게 와서) 박스 다 내렸습니다. (인사하며) 가보겠습니다.
박 사장	(무뚝뚝) 이거 갖고 가! (하고 고구마 한 박스를 척 내려놓는다.) 받았으면 그만치 내줘야지. (얘기한 뒤 일어나 창고로 가는)
호랑	괜찮습니다… 혼자 살아서 다 못 먹어요.
아줌마	아유~ 갖고 가요~ 박 사장님네 물건은 돈 주고도 못 사~. (호랑에게 와 귓속말) 이건 비밀인데…
호랑	(귓속말을 듣는 호랑의 눈이 커진다.)

S#5. **보람마트 안, 낮**

태호, 계산대에 힘없이 턱을 괴고 앉아있다. 누나 말이 떠오른다.

| 태영 | [E] 지금까지 네가 해 놓은 일이 뭔데? 월급 더 받고 싶으면, 번듯하게 돈벌이를 해! |
| 태호 | (속상한 얼굴로 계산대 옆에 막대사탕을 집어 입에 넣는다.) |

그때, 마트 문을 열고 할머니 손님(이복순/80대/여)이 들어

온다. 태호, 장사해? 말아? 망설이다가,

태호   할머니, 장사 안 하는데요.

복순   (무시하고 막~ 직진한다.)

태호   (뒤에 대고) 저기… 장사 안 하는데…? (눈만 껌뻑껌뻑)

[cut to]

순식간에 계산대에 콩나물, 양갱, 설탕이 올려져 있다. 태호, 계산대에서 보고 놀라며

태호   (능글능글) 할머니~ 물건 잘 찾으시네? 여기 찐 단골이시구나? (바코드로 물건 3개 삑삑 누르더니) 4,480원이요~

복순   (꼬깃꼬깃한 천 원짜리 4장을 올려놓는다.)

태호   (웃으며) 우리 할머니 물건은 잘 찾는데 셈은 좀 헷갈리시나보다. 천 원 한 장 더 주셔야 돼. (천 원짜리들 보여주며) 4장 주셨거든요.

복순   뒤에 잔돈은 빼.

태호   (귀를 의심) 네?? 뭘 빼요?

복순   거추장스러워~ 4천 원. (장바구니에 물건 넣는)

태호   (황당) 거추장스러울 게 따로 있죠. 왜 할머니 맘대로 빼요~.

복순   난 숫자 많으면 머리가 아퍼. 깎어.

태호   (황당해서 감탄이 절로) 우와…. 할매 보통 아니네.

복순   그리고, 포인트 4,480원.

태호   아 숫자 거추장스럽다면서요~!! 포인트는 왜 4,480원으로

          해요?

복순   4천 원은 깎아준 거고, 포인트는 원래 가격으로 넣어야지.

          어여 넣어~.

태호   (당할 수가 없다) …할매 전화번호요~

복순   전화기 없어.

태호   번호 없어요? (전세 역전된 듯) 그럼 포인트 못 넣지~.

          복순, 계산대 앞 종이를 툭툭 친다. 이복순 포인트가 글씨

          로 적혀있다. 태호, 할머니를 당할 수가 없다. 종이에 포인

          트 적으며,

태호   (구시렁) 4,480원 포인트 얼마 한다고… (다 적고 할머니 보여

          주며) 보세요. 됐죠?

          복순, 안심하고 나간다. 태호도 괜히 뿌듯하다. 그러다 할

          머니가 준 4천 원을 본다.

태영   [E] 돈벌이를 해!!

태호   그러고 보니 나… 돈벌이 했네?

태호, 무슨 생각에선지 박스를 갖고 와 뜯어서 뒷면에 매직으로 글씨를 쓴다.

'내일! 보람마트 재오픈 기념 번개 세일!!'

S#6.　　**핸드폰 AS 센터 입구, 낮**

AS 센터에서 걸어 나오는 예림. 카드 영수증을 보며 나오는데 얼굴에 수심이 가득.

예림　　뭔 핸드폰 수리비가 187,000원이냐…. 하… (한숨이 절로 나온다.)

생각에 잠기더니, 어디론가 전화를 건다.

예림　　봉수 사장님! 제 계좌 난리 났어요~ 저 알바 다시 할래요.

봉수　　[F] 예림아 나 이제 보람마트 사장 아니야~ 젊은 양아치들이 나 쫓아냈어…

예림　　젊은 양아치들? 혹시…

[INS] 플래시백

보람마트에 모여 앉아있던 다섯 명

예림	…다섯 명이에요?
봉수	[F] 어떻게 알았어?! 그놈들 아마 마트 팔아버릴 걸?
예림	우리 보람마트를요?

S#7. 보람마트 안. 낮

이준이 셀카봉을 손에 든 채로 호들갑 떨며 들어온다.

태호는 카운터에 무심히 앉아 설명서 보며 포스기 연습하고 있는데,

이준	신태호!! 밖에 써놓은 거 뭐야? 짜증 나게.
태호	(안 쳐다보고 포스기만 보며) 뭐? 마트 재오픈?
이준	아니. '번개세일'~, '번개' 빼. 난, '썬더' '번개' 이 단어들 지긋지긋해.
영민	(뒤에 들어오며 이준에게) 번개든 썬더든, 그게 문제가 아니지. (진지하게 태호에게) 장사를 하자고? 호랑이랑은 얘기된 거여?
태호	(영민 보며) 걔 허락이 왜 필요해. 돈 없으면 마트 날아가는데,
영민	(어리둥절) …마트가 날아가? 그게 뭔 소리여?
태호	(망설이는) …최호랑이 말하지 말랬는데… 아 몰라~ 니들도 소유주인데 알아야지. (결심한 듯 이준과 영민 보며) 그동안

마트에 밀려 있는 세금, 관리비, 외상값 합치니까 5천쯤 되더라. 그거 안 갚으면 가게 압류야. 게다가 마트는 내어놓은 지 1년이 넘었는데도 안 팔린대.

이준   (충격) 헐… 나 여기 와서도 하한가 얻어맞네…

태호   그래서 체면이고 나발이고~ 장사해서 돈 벌자는 거야. 마트 지켜야지~ 내 인생에 또 오겠냐? 사업자등록증에 신태호 이름 석 자 박힐 일이? 그러니까 그냥 감자 팔고, 양갱 팔자고.

그때 태호 앞에, 세일 글자 쓴 박스 종이가 거칠게 던져진다. 보면, 잔뜩 화난 호랑이 서 있다.

호랑   (싸늘하게) 왜 네 맘대로 마트를 오픈해? 애들 다 생업이 있어. 나도 돈 벌러 부산 가야 되고, 연락 오면 물류 배달도 해야 돼.

태호   (빈정 상한) 난 백수냐?!! 샛별태권도 운전기사 무시하지 마라. 나한테 져서 전국체전도 못 올라간 게 까불어.

호랑   그때 기념사진 깔까? 내 발등에 처맞아서 눈탱이 밤탱이 되고 코피 줄줄 흘린 사진 보면 누가 1등이고 2등인지 구분 안 될걸?

태호   (열빡) 와~ 12년 만에 승부욕 돋네. 너 부산 간댔지? KTX 탈 거 뭐 있냐. 내가 발차기로 부산 보내줄게~ (발차기 깔짝

깔짝)

이준   (급피곤) 영민아… 쟤네 전국체전 얘기 또 나왔다… 아니 뭔

주제로 싸우던 전국체전 얘긴 꼭 나와~

영민   (진절머리) 저놈의 싸움 레퍼토리 징하구만 아주. 아 그만들

혀! (하면서 호랑과 태호 사이로 가서 말린다.)

호랑   (감정 누그러뜨리며) …해체하고 5년 동안 서로 연락도 없이

살아온 놈들이… 갑자기 모여서 마트 장사를 한다고? 경험

있어? 밑천 있어?

태호   (당당한) 못할 게 뭐 있어? 마트가 있는데~ 하면 하는 거지!

호랑   (태호 보며) 우리 그래도 TV에 나오는 아이돌이었어…

일하다 알아보는 사람이라도 있으면, 그럼 어떡할 건데?

태호   (지지 않는) 해놓은 거 없다고 무시당하는 것보단 나아.

나머지 (태호를 본다. 뜻밖에 태호의 진심을 들었다.)

태호   (씩씩하게 얘기하지만, 사실은 쓸쓸하다) 그리고! 누가 우리 얼

굴을 기억이나 하냐? 썬더보이즈 누가 알아~~.

S#8.   **보람마트 밖. 낮**

상우, 밖에서 형들 얘기 듣고 있었다. 손잡이를 잡고 있으

나 차마 들어가지 못한다.

S#9.　서점, 낮

예림, 취업 코너에서 책들을 한 권, 두 권 손에 올려놓는데, 눈은 딴 생각에 빠져있다.

예림　…그렇게 양아치로는 안 보였는데… (하며 어제 일을 떠올린다.)

[INS] 플래시백 – 골목길
예림, 올려다보면. 뒤로 호랑이 왼팔을 내민다.

호랑　잡아요~

예림　(여전히 그날 기억에 빠져 있다가 정신 차리고) 에이… 설마 마트 팔아치우려고 왔겠어? 봉수 사장님이 오버한 거지.

S#10.　보람마트 안, 낮

호랑　(태호 보며) 마트 팔자.

태호　(호랑 보며) 장사하자. 아, 마트 안 팔린다잖아~.

영민과 이준은 고개를 왔다 갔다 하며 호랑과 태호를 번갈아 보고 있다.

태호　(결심한 듯) …이럴 땐 다수결이야. 장사하자, 손들어! (손드는)

영민	(눈치 보다가 슬며시 손을 든다.)
태호/호랑	(이준 보면)
이준	마트 브이로그 다 못 찍었어. 추가 촬영도 할 겸… 난. (손든다.)
호랑	(답답하다.)
태호	(신난) 오케이~ 과반 넘었어~ 장사한다!! 땅땅땅!!
호랑	(설득하듯) 얘들아. 우리 지금까지 보람마트가 아니어도 잘 살았어. 그리고 난 너희가 장사하는 꼴 못 봐.
태호	(황당) 야, 이미 다수결로 결론났어~.
호랑	우리 생업이 걸린 문제를 다수결로 결정하는 게 말이 돼? (다다다 얘기) 만장일치로 해. 난 반대야. 결론 끝.
태호	(황당해 미침) 뭐냐? 너 이제 리더 아니야~ 왜 네가 결정해?
호랑	…너희들을 위해서야.
태호	(울분 확) 그래서, 니 결정대로 팀 해체해서 우린 좋았을 거 같아?
호랑	(뜻밖의 얘기에 말문이 닫힌다. 화나지만, 태호의 말이 아프다….)
이준	(덤덤하게) 보람마트가 우리 건지 몰랐던 건 맞는데, 그동안 막 잘 살고 있었던 건 아냐. 내가 외모만 화려하지 속은 다 썩었어.
영민	(이준 얘기에 힘없이 픽 웃으며) 나도 많이 힘들었어… 그래서 고향으로 내려갔잖여….
호랑	(친구들의 고백에 내심 놀란다… 몰랐다.) ….

그때, 상우가 고구마 박스를 들고 해맑게 들어온다. 아무것
도 모른다는 듯이.

상우　　(이 고구마 우리 거예요?

호랑　　(아무 일 없었던 듯) 어… 먹어도 되는 거야. 엄청 맛있는 거래.

태호　　(빈정거리는) 이 분위기에 고구마 먹게 생겼냐?

[cut to]
군고구마를 한입 베어 무는 태호. 표정 확 바뀌는. "뭐지?
꿀 들었어?" 나머지 멤버들도 감탄하며 고구마를 먹기 시
작하는데.

상우　　(먹다가 툭) …저 발리에 있을 때 한인마트에서 알바했었거
　　　　든요. 마트 일, 생각보다 재밌어요.

이준　　(고구마 먹으며) 맞다. 너 진짜 발리엔 왜 갔어?

상우　　(망설인다. 그러다 무심히 툭) 발리엔… 눈이 안 온다 그래서요.

형들　　(고구마 먹다 말고 멍… 분위기 숙연해진다.)

영민　　그건…. (분위기를 애써 웃으며) 당연한 거 아니여? 열대 기후
　　　　잖여.

호랑　　(웃지 않고, 약간은 놀란, 그리고 걱정스런 표정으로 상우를 본다.)

상우　　(웃음) 기후 얘기가 왜 나와요~ 암튼 마트 장사는, 형들보다
　　　　제가 선배라고요. (호랑 보며) 호랑이 형. 겁낼 필요 없어요.

호랑   (상우가 다 듣고 있었다. 알고 있었다.) …상우야.

이준   자! 이쯤에서 솔로몬 준이가 해결해 줄게! 장사하자는 신태

         호와 하지 말자는 최호랑. 양측 주장에 대한 판결은!!!!

네멤버   (이준의 얼굴만 보는데)

이준   폐업 세일!!

네멤버   뭐?

이준   태호 얘기대로 하루 장사해서 돈 벌어보는 거야. 해보고 아

         니면, 호랑이 얘기대로 장사 쫑내. 어때? 크리에이터다운

         발상 아니냐?

         모두들 이준의 제안에 고개를 끄덕이는데, 그때 뒤에서,

아줌마 손님   [E] 고구마 시식 코넌가?

         돌아보면 어느새 아줌마 손님이 들어와 있었다. 모두 허겁

         지겁 당황하는데,

영민   (아줌마에게 친절하게 고구마 내밀며) 하나 드실래유?

아줌마 손님   (받아서 한입 먹는데 눈이 번쩍) 어머 꿀고구마네? 한 봉지 줘

         봐~~.

         그 모습을 지켜보던 태호. 영민이 고구마를 담는 동안 나머

지 멤버들을 모은다.

태호	폐업 세일 때 미끼 상품을 들이자.
사장들	뭐??
태호	있는 물건들 싹 팔아 치울려면 세일을 쎄게 하는 것 가지 곤 약해. (고구마 받아 가는 손님을 보며) 저 고구마를 미끼로 하자.
이준	(태호 따라 손님 보며) 물건을 더 사 오자고?
태호	빙고! (호랑에게) 저 고구마 어디서 났냐? 팔면 대박칠 거 같아.
호랑	(태호의 말을 듣고 도매시장 아줌마의 말이 떠오른다.)

S#11. **플래시백 – 박씨네 청과 앞**(2화 S#4 이후 상황, 낮)

옆가게 아줌마	(호랑에게 귓속말) 이건 비밀인데… 방송만 하면 먹거리 품절 시키는 TV 프로 있잖아. 「밥심이 짱이다」에서 박 사장님 고구마 촬영해 갔어. 내일 방송 나와.

S#12. **보람마트 안, 낮**

호랑, 뭔가 결심한 듯 나간다.

서점, 낮

『면접 울렁증, 이렇게 극복했다』책을 읽던 예림. 사려는
듯, 들고 계산대로 가려는데 문자가 온다. '…안타깝게도
불합격되었음을 알려드립니다.' 기운이 빠진다.
사려던 책을 뒤집어 책 가격을 확인한다. 15,000원. 망설이
다가 매대에 내려놓는데.

호랑   [E] 잘 만났다!

예림, 고개 들면 호랑이 앞에 있다. 『동네 슈퍼 마케팅』등
책 3~4권을 들고 있다. 역시, 마트 팔 사람이 아니다. 싶은데,

호랑   (다가와서) 혹시 내일 시간 돼요?

예림   (호랑이 다가오자 괜히 부끄러워지는데) 왜… 뭐 하게요?

호랑   (그저 해맑게) 내일 보람마트 폐업 세일하거든요.

예림   (놀람) 네???? 폐업이요? (어이가 없다.)

호랑   반값 세일이라 손님들 엄청 몰릴 거예요. 알바 좀 부탁해
            요. 또 잠옷 입은 사람 불러내면 안 되니까, 미리 얘기하는
            거예요. (미소)

예림   (배신감 + 얄미움 + 충격 = 대분노) …양아치 맞네.

호랑   네????

예림   (날카롭게) 젊은 나이에 마트 사고, 팔고, 없애고. 땅따먹기

	가 하고 싶으면 딴 데 가서 해요. 왜 하필 보람마트예요~~
호랑	무슨 말인지 이해가 안 되는데…
예림	[OL] 됐고, 내 카드 내놔요!
호랑	네??
예림	(점점 열받) 지나 언니 포토카드 내놓으라구요.
호랑	(왜 갑자기 화가 났을까? 예림 보다가 툭) …그거 버렸는데.
예림	미쳤나 봐~!! 그게 얼마나 귀한 건데, 버렸다고요??
호랑	(달래며) 미안한데 내가 이럴 시간이 없어요. 내일 알바 돼요?
예림	없어질 마트에 내가 왜 가요~ 재수 없게. 안 가요! (하고 간다.)
호랑	(왜 저렇게 화났지? 싶어 보다가 예림이 내려놓고 간 책을 본다.)

S#14. 박씨네 청과, 밤

박 사장이 가게 안에서 박스를 정리하고 있는데 뒤에서,

호랑	[E] 허리는 좀 괜찮으세요?

박 사장이 돌아보면, 호랑이 들어와서 비닐봉지를 건넨다.
박 사장, 받아서 보면 안에 파스들.

박 사장	70년 넘은 허리가 파스로 될 거 같은가?

호랑	(무안한 얼굴로 박 사장 본다.)
박 사장	(호랑 안 보고 가게 준비하며) 파스 줄라고 왔어?
호랑	…사실은 고구마 사러 왔어요.
박 사장	(뒤돌아 호랑 보는데, 날카로운 눈빛) 고구마 없어.
호랑	(가게 안에 쌓여있는 고구마 보며) 저렇게 많은데요?
박 사장	백화점 납품 용이야. 전부 임자 있는 고구마라고.
호랑	많이도 말고, 몇 박스만 내주시면…
박 사장	한 박스 줬잖아! 그걸로 실컷 먹어. (다시 일에 열중하려는데)
호랑	먹으려는 게 아니고요. 사실은… 마트에서 팔려고요.
박 사장	(작업 멈추고 호랑을 본다) 마트 체인이 어딘데?
호랑	체인이 아니고 …보람마트라고… 경기도에 있는 슈퍼예요 …. 내일, 마지막 장사하거든요. (꾸벅) 도와주십쇼. 어르신.
박 사장	(눈빛이 차가워진다) 내일 하루 장사하고 접을 사람한테 왜 내 자식 같은 고구마를 내주겠나? 일당 많이 벌고 싶으면 젊은 머릴 써서 손님들을 홀려. 노인네 고구마에 욕심 부리지 말고… 남의 물건 갖다 파는 게 쉬워 보이지?
호랑	(생각지도 못한 지적에 당황했다) 아… 아닙니다~~

그때 박 사장 가게 앞으로 고구마 박스를 가득 실은 트럭이 선다.

박 사장	(고구마 박스를 바라보며) 고구마를 최고로 키워내서 백화점

입점까지, 꼬박 20년 걸렸네. (호랑 보며) 자네는, 꼴랑 하루

뿐이라도, 내일 장사를 위해 무슨 노력을 할 건가?

호랑   (생각지 못한 얘기다… 뒤통수를 크게 한방 맞은 느낌이다.)

S#15.   **시내 도로, 밤**

운전석에 호랑. 신호 대기에 멈춘다. 생각에 잠기는데,

S#16.   **플래시백 – 박씨네 청과**(방금 전, 밤)

호랑   (박 사장 옆에서 고구마 박스 보며) 5년 전에, 친구들이랑 큰 실

패를 하고 헤어졌어요… 다시 만날 땐 모두 잘돼 있을 줄

알았는데… 다들 힘들었나 봐요. 스물아홉 이 나이에…

저희 다섯 명이, 험하고, 어렵고, 안 해본 뭔가에 도전을 한

다면… (박 사장 보며) 잘할 수 있을까요? 또 실패하면 어떡

하죠?

박 사장   (호랑을 물끄러미 보다가 툭) …여기서 두 시간 정도 가면 고구

마 밭뙈기가 있어.

호랑   !!!!!!!

S#17.　**고구마 밭, 밤**

시골 밭에 트럭이 멈춘다. 호랑, 트럭에서 내려 밭을 바라본다.

박사장　[E] 백화점에 납품하는 고구마랑 같은 품종인데, 무게나 모양이 떨어지는 것들은 아예 수확을 안 해.

호랑이 가까이 가보면 크기가 작거나 너무 크거나 제각각인 고구마가 흙 위에서 뒹굴고 있다. 여기저기 고구마를 살펴보는 호랑

박사장　[E] 그런 못난이 고구마는, 팔아봤자 인건비도 안 나와. 필요한 만큼 캐 가든가.

호랑, 양손에 목장갑을 끼고 전투 준비를 갖춘다. 그런 그의 눈앞에, 바람에 살랑거리는 초록의 고구마 줄기들이 보인다.

S#18.　**보람마트 밖(다음날, 낮)**

유리문 입구에 붙여진 종이. 그 위에 손글씨로, '오늘 5시!! 보람마트 이별 세일! 전 품목 50% 창고 대방출!!!'

S#19. 보람마트 안, 낮

매장 입구에서 영민은 손에 고기를 들고, 상우는 대걸레질을 하다 말고, 태호는 계산대 앞에서, 마트 입구 쪽을 보고 입을 다물지 못한다. 새빨간 점프슈트 작업복 입고 나타난 이준. 양손에 쇼핑백이 한가득이다.

태호   조이준! 장사할 애가 옷 꼬라지가 그게 뭐냐?

이준   걱정 마. (쇼핑백 내밀며) 너희들 옷 꼬라지도 바꿔줄 테니까.

영민   난 구석에서 고기만 썰 거여… 꼬까옷 필요 없어.

이준   (답답) 야, 옷도 마케팅이야. 니들 일 한다고 막 입고 왔지?

태호/영민/상우   (자신들 옷 보는데 허름….)

이준   기왕 뭉친 거 예쁘게 좀 입자~ 오늘이 마지막일 수도 있잖아…

태호/영민   (이준의 마음을 알겠다.)

상우   (이준에게 쪼르르 가며) 내가 먼저 고를래. (쇼핑백 안 옷을 들여다 보고 놀라 형들 보는) 헉… 색깔…!!!

S#20. 예림 집 거실, 낮

예림, 오렌지를 담은 접시를 제사상에 올린다. 아빠에게 전화가 온다. 받으면,

예림	(밝게) 아빠! 이제 음식 하려구요. (표정 굳어지며) …일찍 못 와? 기다려야지 뭐. 조심히 와요.

바쁘게 준비했는데 살짝 기운 빠진다. 고개를 들어 제사상 위 엄마 사진을 본다.

S#21. **플래시백 —보람마트(예림이 열일곱 살 무렵, 낮)**

김영수 회장, 열일곱 살 예림에게 오렌지가 든 비닐봉지를 준다.

김영수	엄마 생각날 때 먹어.
열일곱 예림	(오렌지 받아들고) 고맙습니다.
김영수	(돈 봉투 내밀며) 그리고 이건 첫 알바비. 예림아, 앞으로 용돈 필요하면 언제든지 와서 일해~ 엄마는… 좋은 데 가셨을 거야.
열일곱 예림	(봉투 받아들고 울컥)

S#22. **예림 집 거실 + 주방, 낮**

예림, 엄마 사진과 오렌지 접시를 보다가 호랑의 말이 떠오른다.

호랑	[E] 내일 보람마트 폐업 세일하거든요.
예림	(화가 치민다.) 하… 보람마트가 우리 가족한테 어떤 곳인 데…

올려다보면 제사상 뒤로 체인걸즈 포토카드 액자 중 한곳 이 비어있다.

호랑	[E] …포토카드 버렸는데.
예림	(점점 열받는) 지나언니 포카도 버려?!! (화나서 씩씩대다가)

성큼성큼 주방으로 가서 쌀과 부침가루, 국물멸치, 계란 등 을 마구 꺼낸다.

S#23. **보람마트 밖, 낮**

마트 앞에 호랑의 용달트럭이 세워져있다. 태호, 영민, 이준, 상우 나와서 짐칸의 박스들을 보고 있는데, 운전석에서 온 몸이 흙투성이가 된 호랑이 나온다.

태호	고구마를 밭에서 캐오기라도 했냐? 곧 오픈인데 드럽게…
이준	(반색하며) 옷 드럽구 좋네~ 내가 옷 갖고 왔어. 당장 갈아입 자~

태호	(반색) 그래! 최호랑!! 관종의 찐 맛을 경험해 봐라. (키득키득)
호랑	(여유 있는) 난 핑크만 아니면 상관없어.
멤버들	(웃참. 표정관리)
영민	(짐칸에 실린 큰 포대 보며) 호랑아! 저 포대는 뭐여?
호랑	그거? (의미심장한 미소) 원 플러스 원 상품.

S#24. 박씨네 청과, 낮

박 사장, 전화를 받고 있다.

밭 관리인	[F] 사장님~ 말씀하신 청년이요, 아 글쎄, 고구마를 싹 다 캐갔어요.
박 사장	(놀람) 그걸 혼자서 다 캤다고??
밭 관리인	[F] 아유 고구마뿐이에요? 어떻게 알고 고구마 순까지 다 뜯어갔어요.
박 사장	(제법이다 싶어 웃음이 나는)

S#25. 몽타주 -보람마트, 낮

오픈을 준비 중인 멤버들. 이준 빼고 모두 옷 갈아입기 전 복장이다.

/매장 가운데에 고구마가 가득 진열돼 있다. 호랑이 고구마 박스를 가져오면 태호가 착착 쌓아서 진열하고, 비닐봉지와 저울도 세팅한다.

/이준은 대형 TV를 낑낑거리며 갖고 온다.

/영민은 정육 코너에서 덩어리 고기를 착착 썰어 팩에 예쁘게 포장한다.

/상우가 마트 입구에서 돌돌 말려있는 레드카펫을 펼친다. 카펫이 또르르 굴러가며 마트 앞에 붉은 길이 만들어진다.

S#26. **진성마트, 낮**

4시 50분을 가리키고 있는 벽시계. 매장 안엔 손님이 한 둘 정도 있고 한가하다.

진성 사장   (고개 갸웃거리며) 오늘따라 왜 이리 손님이 없어?

알바생1   동네 사람들 다 보람마트로 몰려갔대요~.

진성 사장   뭐??

S#27.   보람마트 밖, 낮

입구에 레드카펫이 쭉 깔려있고, 주변으로 손님들이 바글바글 모여있다. 장바구니를 들고 걸어오던 예림. 몰려있는 손님들을 보고 놀란다. 드디어 입구 한편에 전자시계가 'PM 05:00'로 바뀌고, 안쪽 문에 걸려있던 'CLOSED' 팻말이 'OPEN'으로 바뀌는 순간. 마트 문이 열리고, 그 안에서 오색찬란한 점프슈트를 입고, '보람마트' 명찰을 찬 다섯 명의 썬더보이즈 멤버들이 눈부신 비주얼을 뽐내며 손님들 앞에 등장한다. 기다리고 있던 아줌마 손님들 모두 눈이 하트가 돼서 감탄한다.

예림은 호랑의 달라진 비주얼을 보고 놀란다. 화려한 외모, 밝게 웃는 얼굴.

호랑   (웃고 있으면서 복화술로 옆의 태호에게) 죽을래? 왜 난 핑크야? 상남자 최호랑 인생에 분홍은 없었다고.

태호   (역시나 복화술로) 내 몸엔 노란 병아리 놀고 있다. (이준 노려보는데 무섭지 않게) …조이준 죽일 거야.

이준   (혼자 신났다) 오래 기다리셨습니다~ 보람마트 영업 시작합니다~~.

다섯 멤버들이 양쪽으로 나눠 서면, 손님들이 우르르 마트 안으로 들어간다.

S#28. **보람마트 안. 낮**

안으로 들어온 손님들, 눈이 휘둥그레. 예림도 따라들어와 손님들이 보는 쪽 보는데,

마트 한가운데 대형 TV에서 인기 프로그램인 「밥심이 짱이다」가 나오고 있다. 화면에서 김이 모락모락 나는 찐 고구마를 호들갑스럽게 먹고 있는 고사리(남/30대)

영상속 고사리	[F] 「밥심이 짱이다」와 저 고사리를 사랑하시는 전국의 형 누님들~ 꿀 발라 놓은 거 같은 이 허니 고구마의 맛. 어떻게 표현해 드릴까요잉? 이 고구마를 20년간 연구해 오신 고구마 달인께 맛 표현을 부탁드려 보겠습니다~.
박사장	[F] 말이 필요 있겠습니까. (화면에서 찐 고구마를 반으로 딱 갈라 보여주며) 눈으로만 봐도 노오란 꿀 보이시죠? 허니 고구맙니다!

손님들, 화면 보며 침을 꼴깍꼴깍 삼키는데
이준, 마이크 잡고 손님들 앞에서 찐 못난이 고구마를 들어 보인다.

이준	자~ 방송에 나온 고구마와 외모만 다른! 박 사장님네 허니 고구마! 어렵게 모셔왔습니다! 백화점 가격의 반의 반값으로 모실게요~.

손님들은 이준의 말이 끝나기가 무섭게 TV 아래 한 무더
기로 쌓여있는 고구마를 발견하고 서로 봉지에 담으려 난
리가 난다.

이준   여기서 속보!! 허니 고구마를 3만 원어치 이상 사시면! 고구
마 순 한 봉지가 공짜!! 저와 셀카 찍을 수 있는 기회도 공
짭습니다~ (윙크)

영민이 고구마 옆에, 포대를 뒤집어 쏟으면 싱싱한 고구마
순이 우르르 쏟아진다. 손님들, 정신없이 고구마를 비닐에
담는다. 그 모습을 보는 호랑과 그 옆에 태호.

태호   (살짝 벙쪄서) 폐업하자는 놈이 동네 슈퍼 짱 먹을 기세다?
호랑   (태호 보며) 미끼 물어오라며~ 그러는 넌, 뭘로 짱 먹을래?
태호   (자신만만) 당근 캐셔지~ 나만 한 적임자 없을걸? 난 누구보
다 돈에 환장한 놈이거든.

상우가 태호와 호랑에게 온다. 손글씨로 써서 복사한 전단
지 보여주며 "상우 형, 저 남은 전단지 돌리고 올게요." (하
고 간다.)

호랑   무슨 전단지?? (전단지 받아보고) 이걸 네가 만들었어?

상우	(자랑) 괜찮죠? 어제부터 돌렸어요. 다녀올게요. (하고 간다.)
호랑	(그런 상우 뒷모습 보면서 흐뭇하고 또 짠한.)

S#29. **'스마일 댄스 스튜디오' 건물 앞, 낮**

상우, 전단지를 들고 연습실 건물을 지나치는데 음악 소리
가 흘러나온다. 걸음을 멈추고 음악이 흘러나오는 2층 연
습실을 올려다보다가 안으로 들어간다.

S#30. **'스마일 댄스 스튜디오' 복도, 낮**

유리창문 밖에서 보는 시선. 연습생 세 명이 연습실에서 안
무 연습을 하고 있다. 복도에서 그 모습을 몰래 지켜보고
있는 상우. 옛 생각도 나고 부럽기도 하다… 그때 갑자기
연습생 2가 다리를 잡고 쓰러진다. 다리에 쥐가 난 듯 괴로
워하는데. 지켜보던 상우, 어떡할까 망설이다가 연습실 문
을 버럭 열고 뛰어들어간다.

S#31. **'스마일 댄스 스튜디오' 안, 낮**

바닥에 전단지를 툭 내려놓고 연습생 2에게로 가는 상우.
상우의 갑작스런 등장에 연습생들은 모두 "누구야?" 하며

보는데,

상우   (개의치 않고 연습생 2에게) 편하게 다리 뻗고 앉아요. (연습생
         2의 신발을 벗기고, 아파하는 종아리를 두 손으로 주무르며) 근육
         을 푸는 거니까 조금만 참으면 괜찮아져요. (다른 연습생들
         에게) 친구가 연습하다 쥐 나면 이렇게 해줘요.

연습생 3   …누구세요?

상우   나? 선배…라고 해야 하나? (하며 계속 종아리 풀어주는데)

연습생 1   (상우 옆 바닥에 흩어진 전단지 1장을 주워 보고) 저희가 암만
         시골 연습생이어도 전단지 알바를 선배로 둔 일은 없는데
         요. (전단지 확 버리며) 어디서 잡상인이 들락거려… 가뜩이
         나 이런 데서 연습하는 것도 짜증 나는데…

상우   (눈빛이 달라진다. 연습생들 보며) 아까 안무 동작 틀렸던데?
         (바른 동작으로 시범 보여주며) 이게 맞는 동작이야.

연습생들   (절도 있는 상우의 안무에 놀란다.)

상우   (연습생 1에게) 잡상인도 아는 걸 틀리면 안 되지. 전단지 하
         나 놓고 간다. (하며 나간다.)

연습생 1과 3, 어이없어하고 연습생 2는 앉아서 가는 상우
를 본다.

보람마트 매장 안. 낮

세일 효과 제대로 터졌다! 장바구니에 닥치는 대로 물건을 담는 손님들. 카운터에 계산 줄이 길게 서 있다. 손님들이 빨리 계산하라고 항의를 하는데, 줄 맨 앞에 예림이 있다. 계산대에 올려진 장바구니를 보고 황당해하는 태호.

예림   이 물건들 환불하고, 50프로 세일가로 다시 살게요. 카드 환불 어떻게 하는지 모르면 현금으로 23,980원 돌려주든 가요.

태호   (어이없음) 이미 사 갔잖아요. 어젠 같은 편처럼 굴더니 왜 이래요?

예림   마트 없앤다고 대놓고 폐업 세일하는데, 제가 왜 편을 들어 줘요? 보람마트 역사에 길이 남을~ 알바생 출신 진상 고객 돼보려고요.

손님들   (줄 서 있는 손님들이 빨리 계산하라고 항의하는)

태호   (손님들 분위기 보다가) 돼보려고, 가 아니라 이미 진상 1호 됐거든요? (계산대에 24,000원 쾅 내려놓는다.) 이거 갖고 가 세요. 1호 님.

예림   (바로 돈과 물건을 챙겨 가는데)

태호   (다급하게) 잠깐! 잔돈 20원 거슬러줘야죠 1호 님~ 23,980 원인데.

예림   10원짜리 없는데요? 만원 줄 테니까 9,980원 거슬러 주든

가요.

그때, 예림의 장바구니 옆에 과일 비닐봉지가 놓인다, 옆을 보면 호랑이다.

예림   (확 기분 나빠지는) 강매하지 마세요! 안 사요!

호랑   (차분하게) 폐업 선물이에요. 이번 주가 제사라고 했던 거 같아서.

예림   (기억하고 있을 줄 몰랐다.)

태호   (얄밉게) 싫어! 돈 받을 거야!! (하면서 과일 꺼내 바코드 찍으려는데)

호랑   (예림의 장바구니들 들어서 내밀며) 가져가요.

예림, 화낸 게 민망해진다. 호랑은 어느새 채소 코너로 가고 있다. 그때, 채소 코너에서 한 손님의 짜증 섞인 목소리가 들려온다.

손님1(여) (이준에게) 이 고구만 썩었는데 왜 집어넣어~ 내가 못 본 줄 알고?

이준   (손님 1만 들리게) …다른 손님 몰래 고구마 한 봉지 서비스로 넣은 건데… 혼 내시니까 관둬야겠다… (고구마 도로 쏟으려는데)

손님1(여)   (화색) 서비스였어?? 아우 몰랐네 고마워. (웃음)

그 모습 보는 예림, '의외로 장사 잘하네' 싶은데.

[cut to]
음료 코너에서 소주를 병째로 벌컥벌컥 마시는 남자 손님.
반쯤 마셔놓고

손님2(남)   (취했다. 손에 빨간 병뚜껑 보고) 어? 빨간 뚜껑이었어? 이거
독해서 나 못 마셔~ 돈 못 내!

영민   (손님에게) 손님도 빨간 거 못 드셔유? 저랑 취향 겹치시네
유. (웃음) 근데 손님, 빈속에 드시지 말고. 딱 어울리는 육
포가 있는디 드셔보실래유? 한 개 가격으로 두 개예유! (웃
으며 육포 먹여주는)

손님2(남)   (육포 먹고 기분 좋아짐) 육포? 이거 맛있네~.

예림, 그 모습 보다가 픽 웃는다.

[cut to]
태호   (줄 선 손님들에게) 오래 기다리셨죠 손님들~ 죄송해서 '쏘리
할인' 해 드릴게요. 제가 외치는 컨셉에 가장 어울리는 포
즈를 해주신 손님께 추가로 10% 할인 갑니다~.

출연손님들	(긴장하고 태호 보고 있는데)
태호	자! 깜찍 발랄~ 귀염 뽀짝~ 시작!
출연손님들	(민망해하면서도 각자 최선을 다해 포즈를 취하는데)
태호	(그중 한 손님을 골라) 가운데 꽃무늬 입은 할머님, 당첨!!

지켜보던 예림, 미소가 지어진다. 열심히 장사하는 저들이 봉수가 말한 양아치들이 맞나… 싶다. 뒤돌아 가려는데 비닐봉지에서 과일 두세 개가 떨어져 굴러간다. 과일을 주워 무거운 장바구니를 힘들게 들고나간다. 그 모습 지켜보는 호랑.

S#33.   **MSG 엔터 사무실, 낮**

민수는 책상 앞에 앉아서 '보람마트 증여계약서'를 보며 전화 통화를 하고 있다.

민수	(전화 통화) 계약서 넘겨드리는 값은 좀 생각해 보셨습니까? (만족) 아우, 빠른 결정 좋습니다. 그럼, 계약서 들고 찾아뵙 겠습니다. (전화 끊고 계약서를 보며 회심의 미소를 짓는다.)

예림, 무거운 장바구니를 양손에 들고 걸어가는데, 뒤에서 예림의 장바구니를 갖고 가는 손. 옆을 올려다보면 호랑이다.

호랑   내일 집으로 배달해 줄게요. 무거운데 과일만 챙겨가요.

예림   (진상부린 게 민망한) …됐어요. 3만 원 안 넘으면 무료 배달 안 돼요.

호랑   (미소) 서비스예요. 그동안 도와준 게 고마워서.

예림   (호랑을 보다가) 정말… 오늘로 마트 끝이에요?

호랑   (난감하다. 답을 못한다.)

예림   …여기는 우리 엄마가, 엄마 되기 전부터 장 봤던 마트거든요. 항암제 때문에 아무것도 못 드실 때, 여기 오렌지는 드셨어요. 동네 할머니들한텐 길 건너 진성마트 멀어요. 보람마트가 아무리 거지같이 장사해도 여길 못 버리는 단골들이 있다고요.

호랑   …알지만… 저희는 장사를 한번도…

예림   [OL] 더 중요한 건요… 포인트 겁나 모았는데~ 먹튀하겠다는 거예요?

호랑   네?? (그러다 픽 웃는) 이렇게 말 잘하면서 면접 울렁증이 있다고?

예림   (당황) 어떻게 알았지?

호랑   (서점에서 예림이 봤던 책을 내민다) 포인트는 이걸로 퉁쳐요.

예림   (의외의 선물에 감동했다. 그러다 괜히 민망해서) 아 포인트가 얼
          마나 많은데 책 한 권으로 될 거 같아요?

호랑   그럼… 책갈피까지. (하고 책 위에 뭔가를 올려준다.)

예림   (보면 지나의 포토카드) 안 버렸네요~?? (하고 호랑을 본다.)

호랑   (미소 지으며) 아끼는 거라면서요. 조심히 가요. (들어간다.)

예림   (멍…)

그때 마트 앞에 '진성마트' 래핑 된 차가 멈추더니, 안에서
진성마트 사장이 씩씩거리며 내리는 게 보인다. 예림, 그 모
습을 보고 그제야 정신이 번쩍 든다.

S#35.   보람마트 매장 안, 낮

진성마트 사장이 보람마트 문을 거칠게 열고 들어온다. 그
때 고구마 박스를 들고 오는 호랑과 마주친다.

호랑   (이 사람이 왜 여기에??) 사장님…

진성 사장   생수 배달 못하게 했더니, 여기서 고구마 배달해? 너 서비스
          정신 글러먹은 거 여기 사장이 알아 몰라? 사장 누구야?

영민/이준/태호   (각자 정육, 채소, 계산대에서 대답) 접니다~~.

진성 사장   (여기저기서 들리는 대답에 어리둥절한데)

예림   [E] 눈앞에 사장님 한 명 추가요.

호랑/진성 사장   (보면 예림이 와 있다.)

예림   (호랑 가리키며) 이 분 배달 아니고요. 여기 사장님이에요. 대답하신 분들도 다~ 사장님이세요. 그러니까 장사 방해하지 말고 가주세요.

예림, 카운터로 가다 호랑을 마주친다. 괜히 민망한데.

예림   알바생 필요하다면서요. 저도 알바비 필요하거든요.

예림, 계산대로 가 손님들 물건을 바코드로 찍기 시작한다. 호랑, 예림 보고 미소. 태호는 예림의 포스에 한발 물러나고. 진성 사장 역시 사장들 눈치를 보다가,

진성 사장   (냅다 지르는) 이것들… 뭐하던 놈들인데 니들이 마트 사장이야? 보건증은 있어? 못 내놓으면 내 당장 구청에 꼰지를 거야!

호랑   [E] 사장님.

진성 사장이 뒤돌아보면 호랑, 태호, 이준, 영민, 그리고 어느새 합류한 상우까지, 한손에 보건증을 들고 한 줄로 멋지게 서 있다. 사장들의 멋진 떼샷, 예림도, 사장들이 보건증을 갖고 있을 줄 몰랐다.

호랑	(태호에게만 들리게) 난 배달의 기수라 치고, 넌 보건증 왜 있냐?
태호	마트 있다고 들은 그날. 설레서 보건증 만들었지. 내가 얘기해서 상우도 만들었고.
호랑	(웃음. 시선은 정면에서 이준에게) 이준이 너도 설레서 만들었냐?
이준	(당황. 대답하기 망설이는데) …난, 예전부터 있었어.
호랑	(웃음기 거두고 이준을 본다.)

그때, 예림이 카운터에 서서 마트 문밖에 주차된 차를 보고 진성 사장에게 외친다.

예림	마트 입구 막아 놓은 양심불량 차주 분~~ 차 빼주세요~ 글자 써진 차. 저거요~ (보고 읽으며) 진…성…마…
진성 사장	[OL] 아 그만!! …간다고~ (하면서 급히 나간다.)

진성 사장 나가는 거 보고 그제야 사장들 모여서 서로를 보며

영민	(이 상황이 신기한) 팀은 팀이여. 어떻게 우리 다 보건증이 있는거?
호랑	(이준에게) 이준이 넌, 패션 한다는 애가 무슨 보건증이 있어?

이준	아니… 모아놓은 돈 주식으로 다 날리고… 채널 수익은 빵 원이고… 생활비 빠듯해서 카페 알바 좀 했어. 그때 받은 거야.
호랑	(그런 사연이 있었는줄 몰랐다… 맘이 안 좋은데)
이준	아씨 끝까지 숨기려 그랬는데 하… 쪽팔려.
영민	괜찮여~~ 너랑 카페 어울려. 난 엄마 고깃집에서 일할라구 보건증 만든 거여. (웃음)
호랑	(친구들을 보는데 가슴이 먹먹하다…)
태호	(친구들 보며 그저 기분 좋은) 맨날 누나한테 혼나면서 살다가, 니네 보니까 엄청 위로 된다야. 나만 허접스런 스물아홉이 아니었어… (가슴을 쓸어내리며) 어휴 다행! (웃음)

태호 말 들은 멤버들, "으이그" 하면서 태호에게 몰려들어 꿀밤을 때리려 하고 태호는 실실 웃으면서 싹싹 잘 피한다. 그 모습 보던 호랑은, 생각에 잠긴 얼굴로 나간다.

S#36. **보람마트 밖, 밤**

호랑이 마트 밖으로 나오는데

| 상우 | 형!! |
| 호랑 | (뒤돌아 상우 보며) 어 상우야. 전단지 돌리느라 고생했다. |

상우	(미소) …옛날 생각나서 재밌었어요. 우리 데뷔곡 나왔을 때, 대기실 다니면서 앨범 뿌렸잖아요. 그때 생각나더라고요.
호랑	(그랬었다. 잊고 있었던 그런 추억이 있었다) 그래… 그랬었지…
상우	저 그때 낯가림 엄청 심해서, 어딜 가든 현이 형 뒤에 숨어 있었는데…
호랑	('현이'라는 이름에 표정이 굳는다.)
상우	오랜만에 형들 만나서 든든해요. 또 무슨 일 생기면 형들 뒤에 숨으면 되잖아요. (웃음) 형도 그래도 돼요. 항상 책임 지려고 하지 마요. 숨어도 되고 쉬어도 돼요.
호랑	(가슴속에 있는 응어리가 탁 터지는 것 같다…)
상우	형, 저 들어가 볼게요. (하고 마트 들어가려는데)
호랑	상우야.
상우	(뒤돌아보면)
호랑	만장일치와 다수결 중에, 어떤 게 더 좋다고 생각해?
상우	(뭘 묻는지 알겠다) …절대성과 가능성. 그 중에 전 가능성을 더 믿어요. …그래서 전, 다시 형들과 같이 할 수 있는… 다수결이요.

상우가 마트로 들어간다. 호랑이 그 모습을 보며 생각에 잠기는데, 그때, 마트 문을 열고 태호가 외친다.

| 태호 | 최호랑!! 고구마 내놓은 거 다 팔렸어! 더 갖다 줘! (들어가는) |

호랑, 들어간 태호 쪽을 바라보며, "짜식…" 절로 미소가 지어진다. 마트로 걸어간다. 마트 유리 안으로 영민이 분주히 고기를 들고 나르는 모습, 이준, "무거워~~" 하면서도 열심히 박스 나르는 모습이 보인다. 그 모습을 흐뭇하게 지켜보는 호랑, 이제야 혼란스러운 마음이 정리되는 것 같다.

S#37. **보람마트 창고, 밤**

호랑, 창고 문을 열고 안으로 들어간다.

호랑   [E] 나만 겁쟁이었다… 또 실패할까 봐, 그래서 또, 소중한 걸 잃게 될까 봐…

[INS] 플래시백

상우   …절대성과 가능성. 그중에 전 가능성을 더 믿어요. …. 그래서 전, 다시 형들과 일할 수 있는… 다수결이요.

호랑, 한쪽 벽바닥에 세워진 썬더보이즈 사진 액자(현이의 얼굴이 천으로 덮여있다)를 들어 올려 바라본다.

호랑   [E] 사실… 우리에게 만장일치라는 결론은 불가능하다. 현이의 목소릴 영원히 들을 수 없으니…

호랑   그래, 다수결이다. 해 보자.

S#38.   **보람마트 매장 안, 밤**

호랑, 고구마 박스를 성큼성큼 들고 와 채소 코너에 내려놓고는 전화를 한다.

호랑   (전화 통화) 반장님. 저 호랑인데요. 부산 공사 못 갈 거 같아요. (눈빛 반짝) 저 이제부터, 마트 사장이거든요.

사장 넷, 반기는 얼굴로 호랑을 본다. 호랑 역시 미소로 친구들을 본다.

[cut to]

천장 한구석에 CCTV가 깜박이고 있다. CCTV 시선으로 보는 화면에서, 호랑과 사장들이 환한 얼굴로 하이파이브를 하고 있다. 그때, 화면 맨 오른쪽에 보이는 진열대에서 가면남이 모습을 드러낸다. 멀리서 사장들을 지켜보다 고개를 돌려 CCTV 화면을 응시하는 데서 엔딩.

2화 엔딩

하겠소? 하면 돼지!

Episode
3

보람마트 안(2화 엔딩과 연결, 밤)

호랑   (전화 통화) 반장님. 저 호랑인데요. 부산 공사 못 갈 거 같아
       요. (눈빛 반짝) 저 이제부터, 마트 사장이거든요.

       사장들 모두 호랑의 얘길 반기며 모여든다. 가장 호들갑스
       럽게 뛰어오는 태호.

태호   최호랑!!! 웬일이냐? 너랑 나랑 의견이 맞을 때가 있네? 물
       리기 없어! 진짜 마트 하는 거다?

이준   (핸드폰 들고) 모여! 사장된 기념으로 한마디씩 해. 호랑이부
       터.

호랑   (이준 핸드폰 질색하며) 너~ 사장 브이로그 올릴라 그러지~
       나 초상권 있다.

영민   (웃으며 호랑과 이준 어깨동무) 난 싫어~ 찍어~~. (사람 좋은 웃
       음)

상우   (역시 웃으며 어깨동무) 뭐든 기념으로 찍어요~ 사장님들.

       상우 얘기에 그제야 핸드폰 카메라 보고 웃어 보이는 호랑.
       그렇게 다섯이 요란스럽게 셀카를 찍는다. 그 모습 보고 절
       로 미소가 나오는 예림.

[cut to]

마트 진열대 사이에서 누군가(가면남)가 호랑과 멤버들을 엿보는 시선. 서로 얼굴 작게 나오려고 티격태격하는 셀카 찍는 모습을, 누군가 지켜보고 있다.

S#2.   MSG 엔터 사무실, 밤

사무실 책상에 스탠드 정도 켜놓고 민수가 전화 받고 있다.

민수   (놀람) …걔들이 장사를 한다고요? 마트 안 팔고요? (듣다가) …아 예. 바로 찾아뵙겠습니다. (끊는)

(책상 위 계약서 보며) 쓸데없이 일 크게 벌인다. 최호랑이.

S#3.   박씨네 청과, 밤

박 사장이 출근하는데, 가게 앞에 고구마 박스가 가득 쌓여있다. 호랑이 트럭에서 마지막 박스를 하차하고 있다. 박 사장 자신보다 호랑이 먼저 와서 일을 하고 있을 줄은 몰랐다. 호랑이 박 사장을 알아보고 와서 꾸벅 인사한다.

호랑   (주머니에서 봉투 꺼내 건네며) 농가에서 거래되는 시세로 계산했습니다. 덕분에 완판했습니다. (꾸벅 인사)

박 사장	(제법이다, 봉투 받으며) 폐업 장사에 재고 안 남기려고 용을 썼구면.
호랑	그래서 큰일이에요. 다음 장사도 해야 되는데 재고가 없어요.
박 사장	(호랑을 본다) 다음 장사가, 있나?
호랑	친구들하고 저… 험하고, 어렵고, 안 해본… 마트 장사에 도전하기로 했습니다. 그래서! 저 여기 매일 오려고요.
박 사장	뭐?
호랑	매일 와서 박스 나르면서 사장님께 일 배우고 싶습니다. 내일 또 오겠습니다~. (꾸벅 인사하고 간다.)

박 사장, 당돌하다는 듯 피식 웃다가 호랑이 쌓아놓은 박스들 본다. 박스 위에 파스와 영양제가 놓여있다.

「사장돌 마트」 03. 하겠소? 하면 돼지!

S#4.   보람마트 외경, 낮

보람마트 외경 위로 여자 MC의 목소리가 흐른다.

여 MC	[E] 오늘 갓 데뷔한 신인들입니다~

S#5. **TV 화면 – 음방 인터뷰 무대**(10년전, 낮)

썬더보이즈 데뷔 날. 음방 인터뷰를 하기 위해 나란히 서 있는 멤버들. 잔뜩 긴장해서 얼굴 얼어 있는데.
옆에서 여 MC가,

여MC   그룹 썬더보이즈~ 각자 자기소개 부탁해요~

리더 호랑이 심호흡 한번 하고 비장한 얼굴로 카메라 정면을 본다.

10년전호랑   리더 최호랑입니다. 오늘이 데뷔 첫날이라 모르는 것도 많고 떨리는데요. 열심히 해서 가요계의 비타민이 되겠습니다.

S#6. **보람마트 매장 안**(현재, 낮)

호랑, 오렌지 냄새를 맡고 미소. 매대 과일들 정리한다.
[자막 : 구 댄서 현 청과 *최호랑 사장*]

S#7. **TV 화면 – 음방 인터뷰 무대**(10년전, 낮)

10년전태호   팀에서 브레인을 맡고 있는 태홉니다. 아 공부머린 아니구요. (두 손 입에 대고) 비밀인데 잔머리예요. (애교 미소)

S#8. **보람마트 매장 안**(현재, 낮)

태호, 계산대에 서서 돈 세는 모습에

[자막 : 구 댄서 현 캐셔 *신태호 사장*]

S#9. **TV 화면 – 음방 인터뷰 무대**(10년 전, 낮)

10년전영민 소한테 노래 불러주다가 가수가 된, 시골소년 영민입니다

~ 사투린 안 써유~~. (사투리 튀어나와서 당황해 입 막고) 어떡

햐…

S#10. **보람마트 매장 안**(현재, 낮)

영민, 정육 코너에서 고기를 써는 영민. 영롱한 마블링 보

며 활짝 웃는 모습에

[자막 : 구 보컬 현 정육 *은영민 사장*]

S#11. **TV 화면 – 음방 인터뷰 무대**(10년전, 낮)

10년전상우 (수줍은) 막내 상우예요… 메보와 귀요미를 맡고 있습니

다…

S#12.   **보람마트 매장 안**(현재, 낮)

상우, 음료 진열대에 어린이 음료수 가지런히 세팅하고는

만족스러운 듯 미소.

[자막 : 구 메인보컬 현 음료 윤상우 사장]

S#13.   **TV 화면 – 음방 인터뷰 무대**(10년전, 낮)

10년전이준 (온갖 폼 다 잡고) 팀에서 비주얼을 맡고 있는 이준입니다.

S#14.   **보람마트 매장 안**(현재, 낮)

화려한 작업복을 입고 마트의 더러운 벽면을 롤러로 페인

트칠하는 이준. 한손으로 대충 페인트칠하면서 다른 한손

으로 핸드폰 보며 키득대는 모습에

[자막 : 구 래퍼 현 ?? 조이준 사장]

이준이 보는 화면에서,

10년전이준 [F] 카메라 감독님들~ 참고로 전 왼쪽이 더 잘생겼어요~.

이준   (영상 보며) 지금은 오른쪽도 잘생겼어요. (흐뭇)

태호   [E] 놀구 있네~~.

이준   (고개 들면 앞에 태호가 있다.)

태호	조이준 너 지금, 파트 없다고 노닥거리냐? 그리고 흑역사 안 꺼? 소리만 들어도 오글거려 죽겠어~.
이준	(놀리듯) 난 흑역사 없는데~ (미소) 온통 컬러 역사야 난~
태호	(짜증) 아우씨. 옥상으로 올라와!! (하며 먼저 가는)
이준	한판 뜨자고?
태호	(앞서가면서) 최호랑이 올라오래~.

S#15. **마트 옥상. 낮**

옥상 위에 플라스틱 의자를 놓고 쪼르르 앉아있는 태호, 영민, 상우, 이준. 그들 앞에 기분 좋은 얼굴로 서 있는 호랑. 모두 일반복 차림.

호랑	우리, 오늘부터 1일이야. 정식으로 보람마트 사장된 거 축하한다.

호랑이 박수 치자, 나머지 친구들도 따라서 신나게 박수 친다.

호랑	먼저, 우리들의 사장 취임식을 위해 내가 준비한 게 있어.
태호	(기대 가득) 뭐야~~ 케이크 커팅식이라도 하냐?

다들 궁금해하는데, 호랑이 화이트보드 칠판에 붙어있는 흰 종이를 떼낸다. 그 순간, 모두 황당한 표정으로 바뀐다. 태호는 짜증이 확 나는데, 그들이 보는 시선에 커다란 종이가 붙어있고 '마트사장 시무 10조'가 써 있다.

태호   (헛웃음 난다) 어이가 없네… 우리가 연습생이냐? 언제 적 시무 10조야~ 저거 옛날에 숙소에 있던 거잖아~.

호랑   응. 그때 기억을 더듬어서 밤새 집필했다.

상우   (보고 읽는) 1조 출근 시간 엄수. 2조 청소 담당 요일 엄수. 3조 마트 물건 공짜로 가져가기 금지. 4조 영업 중 무단이탈 금지. 5조 영업 시간 내 음주 금지. 저는 딱히 지키기 힘든 조항이 없는데요? (태호 보며) 태호 형은 어때요? (웃음)

태호   (짜증이 밀려온다.)

이준   6조 진상 손님이라도 친절 엄수. 7조 손님 앞에서 서로의 호칭은 '사장'. 8조 싸워도 당일 자정 안에 화해하기. 9조 마트 일은 무엇이든 공유하기. 10조 장사 싫어지면 언제든 주주총회 신청하기. (반갑) 어? 벌칙도 있네?

영민   '시무 10조'는 재오픈 날부터 시행되고, 이를 어길 시, '울트라 풀파워 딱밤'에 처한다.

다들 문제없다는 반응인데, 태호만 얼굴에 짜증이 가득하다.

영민	그때나 지금이나 태호 발목 잡는 조항은 여전하다?
태호	마빡 거덜 나겠어? (웃음)
태호	(짜증) 나 안 해! ··· 자신이 없어서가 아니고, (구차스럽게) 지킬 순 있는데~ 손발 오그라들게, 어떻게 너넬 사장이라고 부르냐?
이준	난 좋아. 가뜩이나 어리다고, 그 진상인지 진성인지 마트 사장도 얕보는데. 대놓고 사장 소리 들어보자. (상우에게) 어때? 윤 사장?
상우	저도 가능하죠. 문제는··· 호랑이 형이랑 태호 형. 8조 지킬 수 있어요?
호랑	(종이에 적힌 8조를 보고 혼잣말처럼) 자정 안에 화해하기···
상우	태호 형이랑 무조건 싸우긴 할 거고··· 싸운 날 화해하는 건 연습생 때도 한 번도 못 지켰잖아요.
호랑	(살짝 자신 없는)
상우	8조에만 이거 추가하죠. 자정 안에 화해 못 하면, 딱밤 벌칙이 아니라, 손잡고 '사랑해' 하기.
호랑/태호	(동시에 질색팔색) 아 싫어~~~~.

이준, 종이가 붙여진 화이트보드 칠판으로 가서, 칠판 아래
에 있는 보드마카를 들어 8조 뒤에 '+화해 못 하면 손잡고
사랑해'를 추가로 쓴다.

호랑 　　(후회막심) 내가 내 발등을 찍었다…

태호 　　(한숨) 하… 안 싸우는 게 힘들까, 저놈이랑 '사랑해' 하는

　　　　게 힘들까…

S#16. **부동산, 낮**

예림이 소파에 부동산 사장님(여)과 마주 앉아있다.

부동산 사장 　(마땅찮은 듯) 아니~ 아가씨가 엔간히 따져야지~ 세입자 델

　　　　고 살 것도 아닌데, 무슨 소개팅하냐고.

예림 　　…아빠가 집에 거의 안 계셔서요. 저 혼자 집 지키는데 어

　　　　떻게 아무나 들여요. 무섭게…

부동산 사장 　(누그러진) 한동안 연락이 뜸하길래 세입자 없이 살려나부

　　　　다 했지.

예림 　　취업하려고 알바 다 관뒀는데… 취업이 안 돼요. (씁쓸하게

　　　　웃는) 비는 방 놀리면 뭐해요. 월세라도 받아야죠.

부동산 사장 　그럼 외모, 직업, 가족관계, 나이, MBTI 뭐시기 상관 없이

　　　　받는다?

예림 　　(그 와중에 따질 건 따지고 싶은) 그래도 MBTI는 좀 물어봐 주

　　　　세요.

S#17.   지욱 사무실, 낮

별다른 집기 없이 책상에 컴퓨터 정도 있는 작은 사무실.

한 남자(지욱/31세)가 뒤돌아 앉아서 계약서를 읽고 있다.

그 앞에 서 있는 윤민수.

민수   보람마트 증여 계약서입니다. (하며 사무실 슬쩍 둘러보는)

지욱   (의자만 살짝 돌려 계약서 가져간다. 낮고 묵직하게) 애들은?

민수   (남자 뒤에 대고) 아, 애들은 계약서 내용 하나도 몰라요~.

지욱   (낮은 목소리로 읽는다.) 3조. 성실하게 운영하지 않을 경우,

         즉 영업 정지 또는 과징금 처분을 받을 시 부동산 증여 계

         약은 해제되고 을은 증여된 건물을 토지 소유주에게 귀속

         한다…

민수   (어색하게 웃으며) 사실 그냥 장사하게 둬도 알아서 망하긴

         할 겁니다. 저 근데… 마트 철거하면… 약속해주신 30프로

         는…

지욱   건물 새로 지으면, 1년 치 임대료는 다 윤 대표한테 줄 겁

         니다. 됐나?

민수   (감지덕지. 그저 감동) 아유…. 화끈하십니다. (하면서도 눈치 살

         피는)

예림집앞,낮

쌀 포대가 담긴 장바구니를 들고 예림 집 현관 앞에 선 호
랑. 초인종을 누르고, 장바구니를 내려놓는다. 망설이다 또
초인종을 누른다. 기척이 없다. 또 누르려는데

예림   [E] 두고 가면 된다니까요~.

호랑이 뒤돌아보면 예림이 있다.

호랑   난 또… 어제 알바가 빡세서 몸 져 누워있나 하고…

예림   보람마트 알바 경력만 7년이에요. 그 정도로 몸 져 눕지 않
       는다고요. (호랑 살피며) …근데 정말로 마트 다시 하는 거예
       요?

호랑   네. 오늘 사장들 취임식도 했어요.

예림   (혹하지만 관심 없는 척) …그럼 알바도 구하셔야겠네요?

호랑   (약간 놀리듯) 왜요? 우리 마트에서 알바하고 싶어서?

예림   (매우 당황) 아니… 맨날 갑작스럽게 부탁하니까… 그럴 거
       면 아예…

호랑   (놀리듯) 생각해 볼게요. 알바하고 싶으면 지원해요. 이력서
       제출하시고. 아! 면접도 볼 건데.

예림   (어이없다) 도와달랄 땐 언제고 이제 와서 사장님 행세하시
       네? 아 치사해. 가세요. (장바구니 들고 호랑을 지나쳐 들어가는

데)

호랑   (예림 가방에 '체인걸스' 지나 키 홀더가 대롱대롱 매달려 있는 게

보인다. 예림 뒤에 대고) 지나가 최애 아이돌인가 봐요?

예림   (가다가 뒤돌아서) 지나 지나 하지 마세요~ 지나 언니가 친구

예요?

호랑   (픽 웃고) …지나 고생 많이 했어요. 변치 말고 덕질해줘요.

(가는)

예림   (뭐야?? 싶은)

호랑, 대문 밖을 나가면서 예림 집 대문을 닫고, 잘 닫혔나

확인해보고 간다. 그런 호랑의 모습을 보고 있는 예림. 삐

졌던 마음이 풀리는 듯.

S#19.   **태권도장, 다음 날, 낮**

썬더보이즈의 노래에 맞춰 어린이들이 태권 댄스를 추고.

태영이 앞에서 시범 보이고 있다. 문 앞에서 태호(도복 차림)

는 차 키를 들고 수업 끝나기만 기다린다.

태호   수업 왜케 안 끝나~ 시간 안 지킨다고 최호랑이 난리 치겠

네. (그때 밖으로 우르르 나오는 아이들 보고 반색하는) 오 끝났다!!

민채   (나오며 태호에게) 쌤! 왜 안 들어오고 복도에 있어요?

태호	(장난으로) 너 때문이다. (애들 재촉하며) 얼른 셔틀 타러 가자~.
민채	제가 관장님 쌍코피난 거 얘기하고… 배신해가지고 삐졌어요?
태호	(장난으로 일부러) 그래에~ 쌤 마이 속상해줘~.
민채	(뭔가를 내밀며) 상혁이 줄려고 고른 건데 쌤 가져요.
태호	(민채가 내민 거 받아보면 귀여운 스티커들 가득한 한 장. 민채가 너무 귀엽지만 근엄한 척 바라보며) 제자가 용서를 비니 스승의 넓은 아량으로 받아주겠노라. (그때, 뒤통수에 날아오는 한 방) 아악!!
태영	(화난 얼굴로) 수업 끝난 지가 언젠데 노닥거려~.
태호	(억울) 아 누나가 10분 늦게 끝냈잖아~. 나 약속도 있는데.
태영	네가 무슨 약속이 있어? 영양가 없는 짓 좀 하고 돌아다니지 마. 태권도장 일만 열심히 해. 그게 월급 따박따박 받는 길이야.
태호	…그 월급 안 받으면, 누나 말 안 들어도 되는 거지?
태영	(당황) 그게 무슨…
태호	[OL] 물~론! 당장 안 받겠다는 얘긴 아니야. (뭔가 결연해지며) 나 신태호. 돈에 돌려차기 당하고 싶지 않지만, 어둠의 다크에서 우리를 구해줄 수 있는 운명의 데스티니 역시 돈이기에. (눈가에 엄지 검지 갖다 대며) 나는 오늘도 눈물을 흘린다… (태영에게) 그러니까, 오후엔 날 찾지 마. 난세의 악당

무리들이 내가 한가하게 셔틀이나 몰도록 내버려 두지 않거든. (하고 간다.)

태영　(태호 가는 모습 보며) 저게… 스물아홉에 중2병이 왔나…

S#20.　**보람마트 안, 낮**

호랑과 이준이 채소 매대를 양쪽에서 들고 마트 중앙에 딱 놓는다. 호랑, 놓고 나서 바라보는데 이게 맞나 싶은…

호랑　…아니다. 이준아 원래대로 옮기자.

이준　(팔 아프고 힘들다.) 왔다 갔다 벌써 몇 번째야~ 채소 매대 하나 놓는데 이럴 거야?

그때, 고개를 갸웃거리며 계산대를 보고 있던 상우, 호랑에게

상우　호랑이 형, 저희 계산대는 하나만 있어도 돼요? 손님들이 계산 줄 길면 짜증내시던데?

호랑　(생각도 안 해봤다. 멍…) 계산대?? 글쎄…

영민, 정육 코너 고기 냉장고 앞에서 호랑에게,

영민	호랑아~ 쇼케이스 냉장고가 영 고물이여~ 사라 그러면 사
	구~
호랑	(고개 돌려 영민 보며 또 멍…) 쇼…케이스? 그게 뭔데…?

그 모습 보던 이준, 답답해서 재촉한다.

| 이준 | (답답) 호랑아, 매대 다시 뒤로 옮겨? |

호랑, 귓가에 '호랑아' '호랑아' 소리만 맴맴… 멘붕과 혼돈
의 카오스… 옆에서 이준이 그런 호랑의 상태를 눈치챈다.
더 재촉하지 않고 말을 삼키는데. 그 순간, 마트 안의 모든
불이 꺼진다. 모두들 두리번거린다.

영민	(두리번거리며) 또 정전이여?
상우	(계산대에서 종이 하나를 발견한다.) 정전 아니에요… ('전기 사
	용계약 해지 알림장' 들어 보며) 전기 끊긴 거예요.

상우의 얘기에 모두 표정이 굳는데, 도복 차림으로 헐레벌
떡 뛰어들어오는 태호.

| 태호 | 야 큰일났어!! 그 도매상들 또 왔어~~ |

그때, 마트 문을 벌컥 열고 도매상 세 명이 들어온다. 태호, 잔뜩 겁에 질리는데.

도매상1   (태호에게 덤빌 듯) 폐업 세일했대매? 빚 쌩까고 야반도주하
            려고?
태호   (거의 애원하는) 오해십니다. 저희 장사할 거예요~~.
도매상2   폐업세일 다녀온 사람이 한 둘이 아닌데 무슨~~ 이 사기꾼
            아!!
호랑   (앞에 나서며) 사기꾼이라뇨! 외상값 갚는다고 말씀드렸잖습
            니까!
도매상3   (호랑에게) 당신네 말 못 믿어. 장사 접은 마당에 언제 튈 줄
            알고. (나머지 도매상들에게) 어서 우리 물건 챙기자고~.

도매상들이 씩씩거리며 각자 흩어져 자신의 물건들을 마구잡이로 박스에 담아 간다. 사장들은 이 상황에 당황해서 흥분한 도매상들을 말리지도 못하고 지켜만 보는데, 계산대에서는 도매상 1이 여기저기를 뒤진다.

도매상1   어디 돈 숨겨놓고 안 주는 거 아냐? 폐업 세일해서 번 돈
            어딨어?
태호   (도매상 1에게 달려가 옆에서 안절부절) 누가 요즘 현금 내요~
            카드 결제지~ 숨겨놓은 돈 없다니까요~. (하며 말리는데)

이성을 잃은 도매상 1은 태호 말이 들리지 않는 듯 잡히는 대로 뒤져 바닥에 내던진다. 그 와중에 복순 할머니의 포인트 종이도 바닥에 떨어진다.

[cut to]
음료 코너에서 도매상 3이 박스에 유리 음료수들을 정신없이 담고 있다. 이를 지켜보던 상우가 도매상 3에게 달려가서, 유리 음료병을 양손에 쥐고 박스로 담으려는 도매상 3의 팔을 잡으며 말린다.

상우   사장님… 진정하시고 며칠 더 봐주세요… 이렇게 다 갖고 가시면…

도매상 3   (상우의 팔을 거칠게 밀어내며) 외상값 안 갚을 거면 이거 치워 ~~!!

그 순간, 도매상 3이 쥐고 있던 음료병들이 바닥에 떨어진다. 그와 동시에, 도매상에게 떠밀려 중심을 잃고 쓰러지는 상우. 음료 유리조각들이 바닥에서 산산조각 나고 쓰러진 상우의 손 위로 피가 흐른다.
유리 깨지는 소리에 모든 사장들이 놀라 상우에게 뛰어온다. 도매상 3 역시 행동을 멈추고 당황해한다. 호랑, 상우의 상처를 보고 피가 거꾸로 솟는다.

호랑	(분노 가득한 눈으로) 조이준.
이준	(옆에서) 어… 상우 어떡해? 우리 상우…
호랑	(분노를 꾹꾹 눌러 낮은 목소리로) 라이브 켜. 지금.
도매상들	(뭐 하려는 건지 어리둥절)
이준	(걱정돼서 정신없는 와중에 핸드폰 톡톡 하고) 어, 켰어.

이준이 핸드폰으로 호랑을 비춘다.

호랑	(도매상들에게) 지금 이 상황 라이브로 나가고 있습니다~. 잘 들으세요. 30초 안에 마트에서 나가요. 안 나가면 빚 안 갚습니다.
도매상1	(듣고 있다가 빠직) 뭐야?
이준	(화면에 얼굴 등장해서) 여러분~ 저희 마트에 도매상들 들이 닥쳐서… 막내 사장이 다쳤어요…
호랑	(그 모습에 더 빠치는) 사장님들, 윤 사장님한테 외상값 달라고 이렇게 쎄게 몰아붙인 적 있어요?
도매상들	(말을 못한다.)
호랑	조금만 기다려달라고 했잖아요. 마트 뒤집어엎은 것도 모자라서 왜 우리 막내 다치게 해요. 왜! (화 누르며 단호하게) 당장, 나가세요. 안 가면, 사장님들 실명 까서 영상에 박제할 겁니다.

도매상들, 손으로 얼굴 가리고 허겁지겁 마트를 나간다. 호랑, 상우의 피 묻은 손을 바라본다. 도매상이 휩쓸고 간 처참한 몰골의 마트를 둘러본다. 힘없는 자신에게 화가 난다. 큰 결심이 필요하다.

호랑   …영민아, 상우 데리고 병원 좀 가줘. 나 어디 좀 갔다 올게…

S#21.   **대형마트 앞. 낮**

이제 막 오픈한 대형마트 입구. 대형 풍선 아치가 장식돼 있고, '대형마트 입점 기념 이벤트'라는 플래카드 아래 커다란 경품 다트 판이 있고, 다양한 가을 캠핑용 경품들이 세팅돼 있다. 그 앞에 긴장된 표정으로 서 있는 예림. 경품들을 둘러보며 한숨이 나온다.

예림   [E] 치사해서 보람마트 안 갔더니, 결국 또 마트 알바네.

그때, 남자 주임(30대 초반)이 예림에게 온다.

주임   (거들먹거리며) 이런 동네에 대형마트가 어울리려나… 신기해서 몰려들지… 낯설어서 구경만 할지… 모르겠네.

예림	(또박또박 분석적) 워낙 오래된 단골 마트들이 있어서요. 손님들이 쉽게 마음을 바꿀지는 모르죠.
주임	(기분 상해서) 알바생이 뭘 안다고 나서? 이런 알바 첨이잖아~.
예림	(괜히 눈치 보며) 마트 알바 경력 7년 됐다고 말씀드렸…
주임	[OL] 동네 구멍가게랑 대형마트랑 같냐고~~. 그리고 잘 들어. (테이블 위에 상품권 봉투를 꺼내 보여주면서) 될 일도 없겠지만, 1등 상품권은 없는 거다. 알아서 잘 돌려.
예림	(휙 가버리는 주임을 어이없게 쳐다본다.)

S#22. **트럭 안, 낮**

도로 어딘가에 트럭을 세워놓고, 호랑이 운전석에 앉아있다. 조심스럽게 적금통장을 꺼내 본다. 한 장씩 넘기며 생각에 잠긴다.

[INS] 플래시백

- 돈을 모으기 위해 열심히 일했던 호랑

- 굴착기에 흙 싣고 나르는

- 열심히 시멘트 포대 나르는 호랑

인부1	[E] 공사 끝나고 니 그동안 모은 돈 합쳐가가, 중장비 사라. 니 프리 기사 뛰는 게 소원 아이가?

호랑, 괴롭다… 결국 적금통장을 덮는다. 통장을 글로브 박스에 넣고 차에서 내린다.

S#23. **대형마트 앞. 낮**

지나가는 손님들은 예림과 경품행사를 흘긋 보기만 할 뿐 관심이 없다. 예림 역시 낯선 사람들이 어색해 살갑게 다가가지 못하는데. 그때, 멀리서 힘없이 오는 호랑이 보인다. 호랑의 등장이 반가운 예림은 온갖 손짓으로 호랑을 부른다.

예림   (갖은 손짓을 다 하며) 저기요!!!! 아저씨~~~ 사장님!!!!!

그 소리에 호랑이 고개를 들어 예림을 본다.

[cut to]

어느새 다트 판 앞에 서 있는 호랑. 그 옆에 예림이 다트를 건네며,

예림   (직원 말투) 손님~ 쏘기만 하면 100프로! 경품 당첨입니다~

호랑   (다트 판을 쏘아보듯 보며) …1등 쏠 확률은요?

예림   (당황. 상품권 없는데…) 1등 아니어도 경품 많아요~ 에이, 1등을 쏠 리가 없잖아요. 쏘면… 미친 거죠.

예림의 얘기를 듣고 난 호랑, 다트 판을 바라본다. 큰 원 중에 1센티는 될까 말까 한 칸에 '1등-여행권'이 쓰여있다. '1등'을 뚫어지게 본다. 그런 호랑을 보던 예림.

예림   올림픽 나왔어요? 그냥 재미로 하는 거잖아요. (한숨) …그렇게 1등 쏘고 싶어요? (한숨 쉬며) …손 쥐 봐요.
호랑   (왼손 손등을 내미는데)
예림   (손등을 뒤집어 호랑의 손바닥에 지나 포토카드를 올린다.) 행운의 여신이에요. 꼭 돌려줘요. (하고 다트 판으로 간다.)

호랑, 포토카드를 보다가 꼭 쥔다. 다시 다트 판의 '1등-여행권'을 바라본다.

호랑   [E] 최호랑, 너 미친 짓 할 수 있냐? (다트 판을 노려보며 팔을 들어올린다.) 나는… 미친놈이다, 아니다. 미친놈이다, 아니다….

예림이 다트 판을 돌리자, 호랑의 오른팔이 포물선을 그리며 다트를 던진다. 예림과 주임의 고개가 다트를 따라 움직인다. 다트가 어딘가에 꽂힌 순간, 놀라는데 다트 판 '1등-300만 원 여행권'에 정확히 박혀있는 호랑의 다트. 호랑은 다트 판 1등에 꽂힌 다트를 보며 크게 심호흡을 한다.

눈을 깜박이며 1등 판과 호랑을 번갈아 보는 예림. 그때, 주임이 호랑에게 다가온다.

주임   (능글맞게 웃으며) 손님… 1등 축하드립니다만 여행권은…

호랑   (지나쳐 경품 진열대로 간다. 단호해진 눈빛) 이거면 돼요. (행사대에 있는 소주 한 병을 들어 뚜껑을 따고 병째 들이킨다.)

예림   (대박!!!!!!!!!)

꾸역꾸역 소주 병나발을 부는 호랑을 예림이 지그시 바라본다. 꼭 감은 호랑의 눈, 왼손은 포토카드를 꼭 쥐고 있다. 지켜보는 예림, 무슨 사연이 있는 걸까, 궁금해진다.
소주 한 병을 다 비운 호랑. 정신이 혼미하지만 드디어 결단이 섰다. 후련하다.

호랑   (1등에 박혀있는 다트를 보며 씩 웃는) 별거 아니네. (하며 간다.)

주임은 병 쪄서 보고 있고, 예림은 호랑이 가는 모습을 보고 있다. 신경이 쓰인다.

S#24. 보람마트 안. 낮

정전으로 컴컴했던 마트에 불이 하나씩 켜진다. 태호, 영민,

이준, 상우는 불이 들어온 천장을 보며 어리둥절해 하는데. 그때, 도매상 셋이 슬며시 들어온다. 손에 큰 화분을 껴안고 들어오는데 그 모습에 확 성질나는 태호.

태호   또 왔어요? 그만하세요~ 좀!! 화분은 또 왜요! 아깐 주스
          병 깨더니 이제 화분 깨려고요?

도매상1   (고분고분) 화분을 왜 깨… (화분 돌리면 '재개업 축하' 리본 보
          이는) 짠~~ 선물이라고… 아 그렇게 외상값을 이렇게 빨리
          갚을 거였으면 얘길 하지… 성낸 사람 뻘쭘해지게…

넷   (모두 놀란다) 네??

태호   외상값을… 뭐 어쨌다고요?

도매상2   아니… 일시불로 다 갚아버리니까… 오히려 우리가 미안해
          서…

상우   누가 돈을 갚았어요?

도매상3   입금주가, 최호랑 사장이던데?

이준   호랑이가요?? 걔나 우리나 개털인데 (친구들 보며) 뭔 돈이
          있었지?

태호   (생각할수록 화난다.) 몇 시간 전엔 사기꾼이라더니… 최호랑,
          사장이요??? 돈 갚으니까 이제야 사장으로 보여요?

도매상2,3 (어쩔 줄 몰라 하는)

도매상1   (그 와중에 능글맞게) 왜 그래~ 우리가 욱해서 한 말 갖고 삐
          졌어?

호랑   [E] 반말하지 마!!!!!

모두들 뒤돌아보면 얼굴 벌게져서 비틀거리는 호랑이 서
있다. 놀라는 사장들

호랑   (혀 꼬여서 고래고래) 왜 반말해!! 우리가 누군 줄 알고~~? 우
            리는 말이야~~ 우르르 쾅쾅!!!!

사장 넷   (창피함. 서로 눈 안 마주치고 딴 데 시선) ….

호랑   (더 크게) 우르르 쾅쾅!!!

사장 넷   (마지못해) 우리는… 썬더보이즈…. (소리 점점 더 기어들어가
            는)

도매상 2   썬더… 뭐? 부탄가스여?

호랑   사장님들, 제 얼굴만 보면 열아홉 같지만, 저 스물아홉이거
            든요? 스물아홉 살이 5년 동안 개고생해서 모은 적금을!
            오늘 깼어요. 왜냐! 당신들 외상값 갚을라고~~ 제 돈 받아
            가서 이제 홀가분해요? 홀가분하냐고요~ (혼잣말) 내 통장
            도 홀가분해졌다… 이…씨…

사장 넷   (그랬구나… 호랑의 얘기를 듣고 미안함이 몰려온다.)

도매상 3   (괜히 웃으며) 아이고 잘~ 알겠습니다~ 최 사장, 화 풀어…요
            ~~

태호   (그런 도매상 보며 더 울화 치미는) 가요. 웃을 기분 아니니까.
            가요~.

영민에게 등 떠밀려 나가는 도매상들.

상우   (휘청이는 호랑을 부축하며) 천하의 알쓰가 얼마나 마신 거
      야…

이준   쟤, 안주는 챙겨 먹은 거야? 무식하게 술만 퍼마신 거 같은
      데?

태호   (뭔가 속상) 아유… 손 많이 가는 새끼. (한편에서 육포를 가져
      다 뜯어서 호랑 입에 넣어준다.)

호랑   (취해서 풀린 눈으로 육포를 어기적어기적 씹는데)

태호   나중에 육포 값 내라. 시무 3조다 인마.

호랑   (확 정신 차리며) 계산? 지금 할게! (주머니 뒤지더니 계산대에
      카드 딱 내려놓는데) 카드 결제해! 신 사장!

태호   (호랑이 내놓은 거 보고 어이없는) 뭐야? 이 새끼 제대로 취했
      네~~.

나머지 멤버들도 와서 보면, 계산대 위에 '체인걸스' 지나
포토카드가 놓여있다. 포토카드를 보고 당황하는 영민, 호
랑은 어느새 바닥에 쭈그리고 앉아 잔다.

상우   (호랑 바라보며) 호랑이 형… 마트 때문에 5년 적금 깬 거예
      요…? (미안해서 먹먹하다) 하… 나도 술 땡긴다…

이준   마트 장사해 보자고, 큰 소리는 우리가 다 쳐놓고. 책임은

왜 이 녀석 혼자 다 졌냐… (호랑을 지켜보다가 결심하듯) 호
랑이가 이렇게까지 하는데… (진지하게) 나도 뭐라도 해야겠
어…

영민   (이준 보며 불안한) 야… 뭘 하려고 그랴~.

그때, 도매상 2가 빼꼼히 문을 열고 들어온다. 과일 박스를
문 앞에 놓고,

도매상 2   이거 진짜 맛있는 거봉인데 맛 좀 보라고… (가식적으로 웃음.
그러다 호랑 보고 인상 찌푸리며) 아유… 장사하는 사람이 낮
술 먹는 거 보기 안 좋은데. 동료들이 잔소리 좀 해야겠다.

태호   (그 말에 완전 짜증) 뭘 안다고 그래요! 아저씨들 때문에 술도
못 마시는 놈이 깡술 때렸다고요!

도매상 2   (당황) ….

태호   그리고 잘 들어요!! 동료 아니고… (작게) 친구라고요…. (속
상한)

이준, 영민, 상우 모두 태호와 같은 마음이다. 속상하고 미
안한 마음으로 호랑을 본다.

[cut to]
영민이 바닥에 박스를 깔자, 그 위에 잠든 호랑을 눕히는

친구들.

호랑   (잠꼬대) 내일 아침에 월세방 보러 가야 되는데… (하면서 잠
         드는)

태호   (그 모습 보다가) 씨… 스물아홉이 돼도 뭐 맨날 짠맛이냐…
         일생에 단맛이 없어.

         하면서 한숨을 쉰다. 그것도 모르고 호랑, 세상 모르고 취
         해 잠들어있다.

S#25. **예림 집 골목, 다음 날, 아침**
해가 환하게 비추는 골목길 아침.

S#26. **예림 집 대문 앞, 아침**
예림, 외출복 차림으로 대문을 나오는 순간, 기절초풍한다.

예림   우워~ 깜짝이야!!!!!

         예림 집 대문 앞에 웬 남자(호랑)가 고개를 푹 숙이고 앉아
         있다. 자고 있는 듯하다.

놀란 마음을 진정시키면서 남자를 조심스럽게 살피는데.

부동산 사장   (예림에게) 딱 맞춰 나왔네? (호랑에게 가까이 가서 큰 소리로)
　　　　　　이봐요~ 집주인 왔어요~ 이봐요~

깨우는 소리에 남자가 잠을 깨고 고개를 드는데, 호랑이다.
예림 깜짝 놀라는데

예림　　　　어!!!

호랑　　　　(비몽사몽. 부동산 아줌마에게) 여기가 어디예요…?

부동산 사장   와 놓고 어디냐고 물어? 월세방 보기로 했잖아요.

예림　　　　사장님!! 이 분이 세입자 후보예요?

호랑　　　　(갑자기 벌떡 일어나서 다급하게) 저 빨리 방 좀 안내해 주세요.

예림　　　　네??

호랑　　　　빨리요~~~~

부동산 사장   저긴데~ 깔끔해요. 같이 들어가…

호랑, 부동산 사장님 얘기에 부리나케 방으로 뛰어들어간
다. 예림 황당한.

부동산 사장   방이 그렇게 궁금했나? (예림에게) ISTJ래. MBTI 말이야.

예림　　　　…책임감이 지나치게 강한 남자네…

부동산 사장과 예림이 1층 방 입구로 걸어가자 안에서 들리는 '웩웩'거리는 소리. 풍겨져 나오는 스멜… 예림과 부동산 사장, 발걸음을 멈추고 인상을 찌푸린다.

부동산 사장 (인상 쓰면서도 위로한답시고) 이미 영역 표시했네. 저 사람. 방 내줘요~ 안 그럼 아가씨가 저거 치워야 돼.

예림, 짜증이 나면서도 어제 호랑이 소주 병나발 불던 생각이 난다.

[INS] 플래시백 – 대형마트 행사장

호랑   이거면 돼요. (행사대에 있는 소주 한 병을 들어 뚜껑을 따고 병째 들이킨다.)

밖으로 여전히 오바이트하는 소리가 들린다. 걱정스런 표정으로 보는 예림.

S#27.   진성마트, 낮

진성마트의 문이 열리고, 검은 구두, 검은 양복바지(이준)가 마트 안으로 들어선다. (상체와 얼굴은 보이지 않는 상태)

이준	[E] 언더커버 요원이 돼서, 진성마트에 잠입을 하는 거야.

S#28. **플래시백 – 보람마트**(3화 S#24 이후 상황, 밤)

호랑은 취해 자고 있고. 영민, 상우, 태호 앞에서 조곤조곤 얘기하는 이준

영민	(이해 안 감. 그저 불안) 뭔… 뭔 커버?
이준	(답답) 우리, 마트에 대해 아는 게 너무 없잖아? 경쟁사에 손님으로 가서, 코너 배치는 어떻게 했는지, 정육 냉장고는 뭘 쓰는지. 계산대 관리는 어떻게 하는지, 잠입해서 알아 오자고.
태호	(듣는 둥 마는 둥 사탕 까먹으며) 응. 너 혼자가~ (영혼 없이) 홧 팅…
이준	(서운) 야!!

S#29. **진성마트, 낮**

이준, 007 스타일로 2대8 머리에 슈트, 선글라스를 끼고 마트에 들어서자 모든 사람들이 쳐다본다. 개의치 않고 걸어오는데, 뒤에 따라들어오는 상우.

이준	(상우에게만 들리게) 같이 와줘서 고맙다. 요원.
상우	(좀 창피함) 근데 언더커버라면서요… 사람들이 다 형 쳐다 보는데요?
이준	진성 사장이 네 얼굴은 몰라도 내 얼굴은 안단 말야. 그래 서 변장한 거야. 걱정 마라 요원. (상우 어깨 툭 치고 왼쪽 코너 로 간다.)
상우	(그런 형을 불안해하면서 오른쪽 코너로 간다.)

/상우는 정육 코너에 가서 냉장고를 꼼꼼히 들여다보고 고기 종류를 수첩에 메모한다. 손님 없는 걸 확인하고 줄자 를 몰래 꺼내 쇼케이스 사이즈를 잰다.

/이준은 청과 매대 주변을 다니며 살핀다. 위치, 배열이 어 떻게 돼 있는지 주변 눈치 보면서 핸드폰 카메라로 몰래 찍 는다.

/상우, 두 대의 계산대로 가서 캐셔들이 계산하는 모습을 훔쳐보며 메모한다. 그러다 청과 코너 앞에 이준과 눈이 마 주친다. 이준이 윙크를 보내자, 상우는 그제야 안심하고 미 소를 짓는데. 그때, 이준이 어딘가를 보더니 표정이 확 굳 는다.

이준	(성큼성큼 가더니 채소를 고르고 있는 한 아줌마에게) 손님~!!!
손님1	(이준을 알아보고) 어??
이준	(섭섭함 가득) 와 섭섭하네~ 제가 고구마 서비스 얼마나 많이 드렸는데, 여기 와서 장보시는 거예요?

주변 손님들이 흘긋 보며 지나간다. 멀리서 상우, 이 모습을 불안하게 보다가 단칸방에 카톡을 올린다.

| 상우 | [E] 이준이 형 오지랖 땜에 진성마트 사장님한테 들키게 생겼어요… |

채소 코너 앞에 이준과 손님 1

이준	손님, 보람마트 재오픈하면 여기 말고 저희 가게로 꼭 오세요!
손님1	(난감해하며) …그건 봐서…
이준	어어?? 진심 서운해질라 하네.
손님1	아니~ 우리 아들이 생선을 매일 찾거든. 근데 보람마트에 생선 있어? 없잖아~

이준, 퍼뜩 정신이 든다. 눈앞에 '수산물' 코너가 보인다. 그때, 상우가 뛰어오며

상우	(이준을 말리는) 형… 여기서 보람마트 영업하면 어떡해요. 이러다 걸려요. (이준의 팔을 잡아끌면서) 그만 가요.
이준	(깨달음 중) 매대 위치가 문제가 아니었어. 우리 빼먹은 게 있었어!
진성 사장	[E] 뭘 빼먹었는데?

목소리에 이준과 상우 뒤돌아보면, 진성 사장이 무섭게 서 있다. X됐다…

S#30. 보람마트 안, 낮

태호, 계산대에서 상우 카톡을 확인하고 걱정스러운 얼굴로 일어나는데 눈앞에 돼지고기 큰 덩어리가 뙇!!!! 태호, "으아~~~~" 비명을 지르는데, 돼지고기 옆으로 영민이 고개를 쑥 내민다.

태호	말 좀 하고 등장해라. 이거 뭔데?
영민	(웃으며) 어뗘? 우리 아부지가 고향에서 좋은 거 사서 보내셨잖여. 고기 맛도 볼 겸. 오늘 저녁에 회식하자고. (기분 좋게 갖고 가는)

태호가 놀란 가슴 진정시키는데 돼지가 사라진 자리에 빼

빼 할머니 복순이 서 있다.

태호   할머니 또 오셨네? 근데 물건이 아직 안 들어와서 장사 못

              해요.

복순   (손가락으로 가리키며) 저거 있잖어. 돼지.

영민   (정육 코너에 서서 할머니에게) 할머니 고기 좀 드릴까유?

복순   잉. 찌개 할 거 반 근만.

[cut to]

계산대 위에 비닐봉지에 담긴 고기를 놓고 눈싸움하듯 서

로 보는 태호와 복순.

태호   (지지 않겠다는 눈빛으로 할머니 보며) 삼…천… (다다다) 사백

              오십…

복순   (미동 없이 단칼에) 빼. (계산대 위에 천 원짜리 세 장을 올려놓는

              다.)

태호   (또 당했다 싶은) 할머니. 저도 사탕 하나 먹으려면 돈 내요.

              같이 일하는 사장 놈이 얼마나 악랄한데요~

복순   내가 깎아달라고 했다고 해. 노인한테 사백오십 원 받아서

              얼마나 호강을 하려고 쯧쯧…

태호   (그때, 태영에게서 전화가 온다) 헉…. (안 받는데 신경 쓰이는)

복순   포인트나 써. 가게.

태호   (할머니 포인트 종이를 찾는데 안 보인다. 그때 떠오르는 기억)

[INS] 플래시백
도매상 1이 계산대를 뒤지면서 어디론가 떨어져 버린 할머니의 포인트 종이.

태호   (복순에게) 저 할머니… 포인트 종이 없어진 거 같은데요…
복순   뭐야?? (안타까워하며) 찾아내… 한 푼도 안 쓰고 꼬박 모은 거여.
태호   에이~ 포인트 모아봐야 얼마 된다고요~ (하는데 또 태영에게 전화가 온다. 긴장하며 전화 받는) 어 누나…
태영   [F] 수업 끝나가는데 너 어디야!!! 어디냐고~~
태호   (어쩔 줄 모르고 당황하는데)
복순   (태호를 보며 나무라듯) 종이 찾아내.
태호   (정신없어서 전화기에 대고) 어딨는지 모른다니까요~
태영   [F] 네가 어딨는지 네가 왜 몰라~ 미쳤냐?
태호   (누나에게) 누나한테 그런 게 아니고… 아 갈게. 가~
복순   (목소리 높여) 안 가~ 종이 찾기 전까지 안 가.
태호   (미친다.)

[cut to]
백지에 볼펜으로 포도송이들을 그린 종이 위에 민채에게

받았던 스티커를 하나씩 붙이는 태호

태호 천 원에 스티커 하나예요. 오늘 건 삼천사백 오십 원이니까 스티커… (3장 붙이고 망설이다 1장 더 붙인다.) 4장. 인심 썼다! (하고는 종이를 할머니에게 건넨다.) 포인트 종이예요. 다 붙이 면 이 종이로 물건 사러 오세요.

복순 그동안 모은 건?

태호 종이 찾아놓을게요~ 할매 참…

복순 (환하게 웃으며 종이를 접어 옷 안쪽 주머니에 넣는다.)

태호 (그 모습에 마음이 좋다가, 누나의 '부재중 전화' 보고 한숨이 난다.)

S#31. **진성마트 안. 낮**

진성 사장, 이준의 핸드폰에서 몰래 찍은 사진들을 보고 있다.

진성 사장 이봐 이봐~ 보람마트 첩자 맞다니까. 남의 마트를 왜 찍냐 고. (하면서 사진들을 마구 지우는)

이준 (화들짝 놀라 말리며) 그건 여기 사진도 아닌데 왜 지워요~ 브이로그 올릴 영상이란 말이에요~. (하고 핸드폰 가져가는)

진성 사장 (핸드폰 가져간 이준을 매섭게 보다가 상우 보며) 그리고 너!!

상우 (긴장해서 침을 꼴깍 삼키는데)

진성 사장	(상우에게) 오늘 알바생 새로 온다더니, 오자마자 첩자도 잡고 잘했다! 신입 아니었으면 모르고 보낼 뻔했어.
상우	네?? (뭔 소린가 싶다가 사태 파악된) 아… 더 열심히 하겠습니다.
이준	(상황 눈치 채고 괜히) 이 알바생 땜에 많이 찍지도 못했어요~
진성 사장	(이준에게) 다신 우리 마트에 올 생각 마. 또 오면 가만 안 둬~ 가!!
호랑	[E] 누구보고 가라 마랍니까!!!

모두들 보면 호랑이 진성마트 입구에 서 있다. 이준과 상우, 당황해서 서로 보는.

호랑	(정의감 활활) 사장님도 저희 마트 왔잖아요~. 저희는 오지 말란 법 있습니까? 피해준 거 없는데 왜 우리 애들한테 가라 마라예요?
이준, 상우	(진성 사장이 안보는 틈에 호랑에게 손짓 발짓으로 가라고 하는데)
호랑	(눈치 못 채고) 상우야!! 너도 같은 사장이야! 쫄지 마!!
상우	(안절부절못하며 진성 사장 눈치만 보는데)
진성 사장	(의심) 상우가 누구야? 설마… (하며 호랑의 시선 따라 상우를 보는데)
이준	(호랑에게로 가 어깨동무하며) 상우 한개도 안 쫄았어요. 걱정마요~

호랑	(어리둥절해서 이준에게) 왜 이래?
이준	(호랑을 강제로 끌고 가며) 상우 배고파~ 밥 먹으러 가요~
진성 사장	(그들 뒤에 대고) 저 똘아이들. 내 언젠가 혼쭐 내준다!

호랑과 이준은 그렇게 나가고. 그 모습 보고 있는 상우, 몰래 안도의 숨을 내쉰다.

S#32. **마트 옥상, 밤**

화로 안에 숯불이 타고 있다. 테이블 위에 도마를 놓고 영민이 돼지고기를 부위별로 해체하고 있는데, 태호가 젓가락을 손에 들고 고기만 바라보고 있다.
그때, 이준과 호랑이 영혼 탈탈 털린 모습으로 들어와 의자에 털썩 앉는다.

태호	(이준 보고 비꼬듯) 언더커버라매~ 바로 걸렸다며?
이준	(짜증) 아 시끄러. 개털리고 왔거든? 브이로그 소스 다 털렸어어~~.
영민	(고기 썰다 말고) 상우는?
호랑	(이준을 보며 눈빛 빠직)
이준	(짜증 내다가 슬쩍 눈치 보며) …마트에서 일해.
영민	혼자 뭔 일을? 올라오라고 혀~.

이준   여기 말고… 진성마트에서 일한다고…

태호/영민   뭐???????

호랑   (상우가 걱정돼서 이준이 원망스러운) 상우를 알바로 착각했어
        도 데려왔어야지~ 대체 진성에서 무슨 정보를 캐오겠다는
        거야~.

이준   (양심의 가책… 상우에게 미안하다.)

이준이 스스로 자책하고 있는데, 영민이 화로 불판에 삼겹
살을 올린다.

이준   (혼잣말) 수산물 얘기하면 애들이 백퍼 나 시킬 텐데… (하
        면서 눈은 삼겹살에 고정)

태호   (이준에게) 그래서, 뭐 소득은 있었어?

태호가 이준의 얼굴만 보고 있는데, 영민이 지글지글 삼겹
살을 뒤집는다.

호랑   (한심) 뭐 있었겠냐. 갔더니 된통 혼나고만 있더라.

영민   그래도 쫄보 이준이가 쳐들어간 게 어디여~ 고기나 먹자
        고~.

이준   (혼잣말) 미안해… 얘들아… 난 고기 먹을 자격도 없어… (힘
        없이 고기 한 점 집어먹고 눈이 커진다) 으잉? 영민아!! 이거 버

터야? 바로 녹는데??

호랑 (고기 먹고) 이런 고퀄을 마트에서 판다고? 고기로 대박 나

겠는데?

태호 이런 고급 안주에 술이 빠지면 안 되지~ (하고 소주를 잔에

따른다.)

영민 (반응에 만족해하며) 그렇게 맛있어? 나도 고향의 맛 좀 봐야

겠네~.

하고 고기를 한 점 먹는데, 표정이 확 굳어지며 테이블 위

고기를 바라본다.

이준 (입에 고기 가득. 속 없이) 영민아, 너무 맛있다~ 더 구워 줘,

한판 더!

영민은 대답 없이 자리에서 뛰쳐나간다.

호랑 (가는 영민 보며) 영민이 어디 가?

이준 (괜히 찔림) 더 구워 달라 해서 화났나…?

호랑, 자리에서 일어나 영민을 찾으러 나가는데, 옥상 입구

에서 예림을 마주친다.

호랑   어?? 여기 왜 왔어요?

태호   (앉은 채로 예림 보고. 이미 취한) 뭐 또 환불하러 왔어요?!

예림   (종이를 내민다) 이력서예요. 체면이고 뭐고 지원할게요. 필
        요하면 면접도 보세요.

        호랑, 예림의 이력서를 받아든다. 장난스럽게 픽 웃으며

호랑   면접도 보겠다고요? 면접 울렁증 있는 사람이 쎈 척하기는.

예림   (어이없다) 약점 하나 잡았다 이거예요?

호랑   내가 면접 잘 보라고 책도 줬잖아요. 왜 도로 알바 하려고
        요?

예림   내일 면접도 떨어지면! 치사해서… 당분간 취업 접을 거예
        요.

호랑   아… 보람마트 알바는 보험인 거네? 오케이. (놀리듯) 곧 식
        구 될 거 같은데, 와서 고기나 먹어요. (자리에 앉고)

예림   받아준다는데 묘하게 기분 나쁘네? (하며 예림도 앉는다.)

        그때, 태호가 술병과 새 잔을 들고 예림에게 온다. 이미 많
        이 취했다.

태호   (호랑과 예림을 번갈아 보며) 우리 새 식구 된다고?

예림   (당황스러운데)

태호	(취해서 텐션 업된) 환영해요~~~ (잔에 소주 따라주며) 원샷~~
예림	(그 자리에서 소주 쭉 들이킨다.)
태호	오~ 술 케미는 나랑 맞는데? (신나서) 소주 더 갖고 올게요!
	(하고 신나서 내려간다.)

S#33.   보람마트 입구 밖, 밤

마트 밖에서 영민이 전화 통화를 하고 있다.

영민	아부지, 고기 잘 받았어유… 아니 근데… 왜 아부지가 키운 놈들 보내셨어유… 그 귀한 고기를… (한숨) 죄송해유 아부지. 아들 TV 안 나온다고 서운하셨던 거, 돈 벌어서 갚을게유. 아부지 아들 진짜 열심히 할게유!!

S#34.   마트 옥상, 밤

화로 앞에 앉아있는 이준, 꾸벅꾸벅 졸고 있다.
예림, 호랑 옆에서 소주 따라주려는데 마다하는 호랑.

호랑	난 술 못 마셔요.
예림	어제 소주 병 원샷한 거 봤는데요? 아니, 1등 찍어놓고 경품으로 소주 받아 가는 미친놈이… (순간 멈칫해서) 그런 사

람이 어딨어요?

호랑　(진지해지는) 처음부터 1등 경품이 목표가 아니었어요.

예림　????

호랑　내가, 미친 짓을 할 수 있는 놈인지, 시험해 보고 싶었어요. 아흔아홉 명이 미쳤다고 할 일을, 알면서도 하게 되는 순간 이 있더라고요.

예림　(호랑의 얘기에 빠져든다.)

호랑　그 순간을 위해 필요한 건 술이었어요. 소주 덕에 용기내서, 네 달 남은 5년 만기 적금 해약했어요. (씁쓸하게 웃고 예림을 바라본다.) 우리 마트를 지키고 싶어서요.

예림　헉…. (이 남자, 바보스러울 정도로 무모하다. 그의 눈을 보면 진심이 보인다. 자신을 보는 반짝이는 눈. 심장이 두근거린다. 괜히 민망해서 소주를 원샷 한다. 또 자신의 잔에 따르려는데)

호랑　(소주 병 가져가 예림 잔에 술 따르며) 혹시 면접 떨어지면, 앞으로 마트 잘 부탁해요. 이름이… (이력서 슬쩍 보고 예림에게) 오예림 씨.

예림　(호랑의 눈빛과 말에 얼굴이 빨개지는 듯… 민망해 소주를 들이켠다. 또 소주를 따르려는데 빈병이다. 살짝 취한) 어? 술 없는데? 술 가지러 간 사장님 왜 안 와요~~.

이준　(예림 소리에 퍼뜩 잠에서 깬) 어! 신태호, 아직 안 왔어?

호랑　(문득 걱정이 되는) 또 길바닥에서 자고 있는 거 아냐? 찾아 보자.

호랑과 이준, 벌떡 일어난다.

S#35. **보람마트 안, 밤**

깜깜한 마트 안으로 상우가 들어온다.

상우   저 왔어요!! (들어와 마트 두리번거리며) …형들 다 퇴근했나…?

S#36. **보람마트 창고, 밤**

창고에 불이 탁 켜진다.

상우   오~ 정리했네? 형들 제법인데… (미소)

그때, 상우 앞에 낯익은 액자가 보인다. 바닥에 세워져 있
는… 현이가 있는 단체사진이 반갑다.

상우   우리 현이 형 바닥에 있으면 안 되지? (액자를 들어 옷소매로
           현이 얼굴 위 유리를 닦고. 사진 보며) 형들, 생각보다 일 잘한
           다? (웃음) 형도 지켜봐.

액자를 든 상우, 이리저리 둘러보더니 나무장 위에 단체 사

진 액자를 올려둔다. 만족스러운 듯 바라보다가 창고의 불을 끄고 나간다. 상우가 나가고, 액자가 걸려있는 벽. 뒤에서부터 아래로, 카메라가 이동하면 벽에 손잡이가 보인다! 손잡이에는 번호 자물쇠가 채워져 있다. 어두운 창고에서, 금속 자물쇠가 얼핏 반짝 빛나는 것도 같다.

3화 엔딩

우리 함께라면

Episode
4

S#1.   예림 집 거실, 아침

예림, 전날 회식 때 입었던 옷 그대로 소파에 누워 자고 있다. 창문으로 눈부신 햇살이 보인다. 눈을 슬며시 뜨고 누워서 벽시계를 보는데 8시를 가리키고 있다. 눈이 번쩍 뜨이며 0.1초 만에 기상한다!

예림   미쳤어!!! 9시 면접인데~~ (어쩔 줄 모르고) 어떡해~ 어떡해~~. (머리 만지며) 아 머리야… 어우 속 안 좋아…. (하며 화장실로 뛰어 들어간다.)

S#2.   예림 집 현관 밖, 아침

예림, 면접 복장에 가방을 메고 구두를 대충 구겨 신고 나온다. 대문 밖으로 뛰어나오는데 눈앞에 트럭이 가로막고 있다. 순간 부딪힐 뻔.

예림   (트럭 보고 왕짜증) 남의 집 앞에 누구야~.

호랑   (맞은편에서 나타나는) 남의 집이라니?

예림   어? 사장님….

호랑   월세 계약하기로 했잖아? 아침 9시에 만나서.

예림   (핸드폰 시계 보고) 지금 8시 25분이잖아요~ (순간 깨닫고) 아!! (눈앞에 트럭 보고 다급하게) 저 트럭 좀 태워주세요.

예림, 무작정 조수석에 들어가 탄다.

호랑   (그런 예림 뒤에 대고) 계약 어디 가서 하게~?

S#3.   **트럭 안. 아침**

예림, 조수석에 앉아서 초조하게 정면만 바라보고 있는데.

호랑   (운전하며) 너 면접장에 데려다주고~ 난 이사 갈 준비하면 되

           겠다.

예림   아까부터 뭔 소리예요? 집주인 몰래 들어와 살려고요?

호랑   기억 안 나? 알바 받아주면 나한테 방 내준다고 했잖아.

예림   제가요? (기억 안 남… 그러다 문득) …근데 왜 갑자기 말 놔

           요?

호랑   (어이없음) 말도 그쪽에서 먼저 놓으라고 했거든?

예림   (기억하려 애쓴다.)

S#4.   **플래시백 – 보람마트 옥상**(전날. 밤)

예림   (취했다) 면접 떨어지면! (90도로 꾸벅) 알바하러 오겠습니

           다!! 제발 다시 만나지 않길 바라면서~ (잔 들고) 원샷!!

호랑   (손 저으며 마다하는) 소주 나발 불고, 아직도 속 안 좋거든요.

예림	이거 원샷 하면 방 내줄 건데~?
호랑	(눈이 번쩍해서) 진짜? (바로 원샷) 마셨어요. 약속 지켜요!
예림	오케이! 내일 아침 09시(공구 시)까지 계약하러 오세요!! 그리고! 이젠 말 놔요~~ 예림아 해보세요. 예림아~.

S#5.   **트럭 안**(현재, 아침)

예림, 기억이 나버렸다. 쪽팔려서 숨고 싶은 마음뿐.

호랑	(무심히 툭) 예림아.
예림	(민망) 아 알았으니까 그만 불러요~~.
호랑	면접 때 뭘 어떻게 물어보길래, 너 같은 애가 울렁증이 있어?
예림	(면접 얘기에 잠시 표정이 굳어지더니) …사장님, 청과 코너에 채소, 과일 잔뜩 갖다 놨는데 그날 다 안 팔리면 어떡하실 거예요?
호랑	(여유만만) 다음 날 팔면 되지.
예림	다음 날도 그다음 날도 다 안 팔리면요?
호랑	(생각 안 해봤다. 진짜 어떡하지?)
예림	다음 질문. 보람마트 과자 코너가 입구에서 너무 멀다는 생각 안 드세요?
호랑	과자 코너??

예림	애들이 안까지 들어가기 멀지 않을까요? 과자 코너가 가까이 있어야 아줌마들도 계산하러 오다가 애들 간식 한두 개 사고 그러죠.
호랑	몇 발짝이면 왔다 갔다 하는 마트에서 배치 바꾼다고 뭐가 달라지나?
예림	(고개를 절레절레) 스마트폰 몇 번 터치하면 집 앞까지 갖다 주는 세상인데, 우리 마트까지 손님이 와주셨단 말이에요. 근데 이리저리 복잡하게 돌리고 쇼핑하게 하고 싶어요? …라는 질문들이 연타로 날아와요. 미치겠죠? (미소)
호랑	…울렁증 생길 만하네. (생각에 잠기는) 근데 다 맞는 말이야.

S#6. 면접 회사 앞 도로, 아침

건물 앞 도로에 트럭이 서자마자, 조수석에서 문 열고 나오는 예림

예림	고맙습니다!! (하고 뛰어간다.)
호랑	(조수석 창문 내려 예림 뒤에 대고) 오예림!!
예림	(뒤돌아보면)
호랑	너한테 매일 배운다. 식료품 하나 파는데 그렇게 정성이 필요한 줄 몰랐어.
예림	(뿌듯하다) 데려다주셨으니까 특강 좀 해 드린 거예요.

| 호랑 | (미소) 역시 알바생 하기엔 과분한 인재야. 그러니까 면접 때 쫄지 말고 (회사 쪽 보며) 1등 식품기업의 직원 돼라. 간다~. |

호랑, 창문 올리고 트럭 몰고 간다. 예림, 호랑의 격려가 마음속에 깊게 남는다. 뒤돌아 회사 입구로 걸어간다.

S#7.　면접장, 낮

테이블에 면접관 세 명 앉아있고, 맞은편에 예림, 지원자 1(남), 지원자 2(여)가 잔뜩 긴장한 모습으로 마주보고 앉아 있다. 예림, 또 울렁증이 밀려온다. 얼굴은 잔뜩 경직되고 호흡이 가빠져온다. 그때 면접관 1 예림에게,

면접관1	오예림 씨.
예림	(깜짝 놀란다) 네? (벌써 입술이 덜덜 떨린다.)
면접관1	앞으로 우리 회사에서 개발해야 할 상품 라인이 있을까요?
예림	(손이 덜덜 떨리고 머리가 안 돌아간다) 상품… 라인이요?

그 순간, 예림의 머릿속에 스치는 장면들.

[INS] 플래시백

| 이준 | 자~ 방송에 나온 고구마와 외모만 다른! 박 사장 |

님네 허니 고구마! 어렵게 모셔왔습니다! 백화점 가격의 반의 반값으로 모실게요~.

손님들은 이준의 말이 끝나기가 무섭게 TV 아래 한 무더기로 쌓여있는 고구마를 발견하고 서로 봉지에 담으려 난리가 난다.

예림   (그날의 장면이 떠오르며 무심결에 툭) …못난이…요….
면접관1   네??

옆에서 지원자 1, 2 픽 웃는

예림   (지원자들의 반응에 오기가 난다. 정신이 맑아지기 시작) 못난이 고구마… 같은 못난이 채소들이요. (전문 분야 나왔다. 뭔가 자신감이 붙는다) 품질은 동일하지만 규격에 맞지 않아 폐기되는 농산물들이 많습니다. 이러한 농산물을 사들여서 합리적인 가격으로 내놓으면, 소비자와 기업 모두에게 일거양득일 거라고 생각합니다.
면접관1   학술 논문에 근거가 있는 얘긴가요?
예림   (당황) 네. 제가 마트 알바하면서 봤어요.

그 말에 일제히 웃는 면접관들, 지원자들. 예림, 불쾌하지만 참는다.

예림　　　7년 동안 지켜본 결과예요. 손님들은 가성비 좋고 품질이
　　　　　좋다면, 겉포장을 크게 따지지 않아요.

면접관1　 (피식 웃으며) 예예… (다음 이력서 넘기며) 혹시 떨어지면 마트
　　　　　가서 연구 더 많이 하세요. (웃음) 다음 지원자.

　　　　　예림. 화가 나서 얼굴이 화끈거린다. 정면을 바라보는데, 면
　　　　　접관들 테이블에 회사의 슬로건이 쓰여 있다.
　　　　　'먹거리에 마음을 담아 전하는 기업' 정성 F&C.

지원자1　 [E] 저는 밀키트에 대한 과감한 투자가 필요하다고 생각합
　　　　　니다. 제가 미국 학술지에서 읽었던 내용인데요. 동네 슈퍼
　　　　　같은 데선 없는, 중산층을 대상으로 한 고급 밀키트로….

　　　　　눈빛이 달라지며 예림, 그 자리에서 벌떡 일어난다. 그곳에
　　　　　있는 모두, 어리둥절해하며 예림을 보는데,

예림　　　그럼 전 이만, 연구하러 갈게요. 마트로.

　　　　　하고는 결연한 표정으로, 입가에 미소 지으며 나오는 예림.

S#8. **보람마트 옥상, 낮**

파라솔 아래 의자에서 양은 냄비에 담긴 라면을 허겁지겁
먹고 있는 태호. 1회용 접시에 봉지 김치 뜯어 놔주는 영민.
그 옆에 앉아있는 이준. 호랑은 탐탁지 않은 눈으로 태호를
보고 있다.

태호 　　(라면 국물 마시고 살 것 같다는 표정) 영민아~ 라면 끝내준다~
　　　네가 내 생명의 은인이야.

영민 　　은인은 내가 아니고 호랑이여. 너 어젯밤에 마트 앞에서
　　　자빠져 자는 거 호랑이가 발견한 겨.

이준 　　생각할수록 킹 받네. 무려 고기를 내팽개치고 너 찾으러
　　　갔다고~ 왜 술만 마시면 맨날 마트 길바닥이야~.

태호 　　(본인도 이상하다) 이상하게~ 취하면 보람마트 앞에서 잔다
　　　니까? 나도 힘들어~~. (하며 면발을 얄밉게 호로록)

호랑 　　(맘에 안 든다) 라면 적당히 처먹었으면 조회 시작한다. (둘러
　　　보다가) …상우는?

영민 　　진성마트로 출근했다. 내일 물건 도착하는데, 일손 부족해
　　　서 큰일이여.

호랑 　　(이준에게) 조이준, 애한테 그놈의 언더커버 놀이 언제까지

시킬래?

이준   (서운함 뚝뚝) 그렇게 말하면 섭하다? 너만 애쓰는 거 같아서 한 거야. 나도 장사 잘하고 싶은데, 보고 배울 데가 없잖아. 그래서 간 거지~ (민망) 상우한텐 미안하지만….

호랑   (소리친 게 괜히 미안한) 그러게 왜 장사에 부담 갖고 그래.

태호   (눈치 없이 라면 국물 소리 나게 드링킹)

호랑   (인내심 폭발) 야 신태호!! 넌 처먹기만 하냐?

태호   (그저 해맑은) 너 「밥심이 짱이다」에 정보통 있는 거 아니야? 고구마 알아냈잖아. 또 알려달라고 해~.

호랑   (답답하다) 내가 정보통이 어딨어~ (그러다 문득) 아, 고사리…

태호   (태평하게 또 국물 마시며) 이번 주 식재료 고사리래?

이준   (태호 보며) 눈치 없는 걸로 매를 버는 건 월드클래스다. 인정! (하며 핸드폰 검색하는)

영민   나물 말고 MC 고사리 말이지?

이준   (검색해 보고) 야! 고사리 소속사가, (고개 들어) 윤민수 대표네다?

호랑   뭐?? 하… (왜 하필… 머리가 아프다.)

태호   미끼 상품으로 고구마 좋았는데~ 우리 재오픈 때도 미끼 필요해. 드럽고 치사해도 윤 대표한테 가봐. (영민에게) 영민아~ 나 밥 말아줘….

호랑   (인내심 폭발) 남 일이냐?! 남 일 같이 말한다 너? 아 그만 먹어대~

영민	(태호에게 즉석밥 말아주며) 우리 막내는 밥이나 챙겨 묵나…?
이준	(본인 때문에 진성마트에 남아있는 상우가 걱정된다.)

S#9. 진성마트 외경, 낮

S#10. 진성마트, 낮

상우, 매대에서 채소를 정리하고 있는데 멀리서 자신을 보는 듯한 시선이 느껴진다. 한 여자(송지선PD/30대 초반)가 자신을 훔쳐보는 듯한데, 쳐다보면 모르는 척한다.

[cut to]

진열대에 통조림을 채워 넣고 있는데 코너 끝에 또 그 여자가 있다. 상우, 그 여자 쪽으로 성큼성큼 가는데, 여자는 쇼핑하는 척 몸을 진열대로 돌린다. 그 여자를 지나쳐 가는데,

송 PD	(상우에게) …저기요!!
상우	(뒤돌아 송 PD를 본다) 네…? 저요?
송 PD	혹시… '썬더보이즈' 아니었어요?
상우	(놀람) …네?? (자신을 알아보다니 뜻밖이다!!!)

부동산에서 나오는 호랑과 예림. 각자 손에 계약서 들려있다.

호랑   이사는 이번 주 주말에 할게.

예림   그러세요. 저는 언제부터 알바하면 돼요?

호랑   (놀라며) 면접 결과가, 벌써 나왔어? (눈치 살피며) …떨어…진

              거야?

예림   (당당하게) 아뇨. 제가 그 회사를 떨어뜨렸어요. 면접 결과!

              보람마트가 합격했어요. (미소)

호랑   (이해 안 됨) 응?

예림   저 아직 젊잖아요. 하루를 일해도, 마음이 가고 진심으로

              일하고 싶은 데서 일하려고요.

호랑   (예림의 말에 마음이 따뜻해진다) 그게… 우리 마트야?

예림   넵! 그러니까, 지금부터 주의사항을 꼭 지켜주세요.

호랑   ???

예림   마트에선 집 얘기하지 마요. 공사관계 확실히 하자고요.

호랑   (고개 끄덕끄덕) 그래. 애들이 너랑 나랑 같이 사는 거 알면

              괜히…

예림   [OL] 아 같이 살다뇨!! 누가 들으면 오해하겠네.

호랑   (웃으며) 오케이.

예림   그리고, 당장 내일부터 출근할 순 있는데 재오픈 날엔 못

              가요. 체인걸스 공연 때문에. (멋쩍게 웃는다.) 우리 동네에 처

음으로 공연하러 온단 말이에요.

호랑   그건 NO! 미안하지만 못 들은 걸로 할게. 내일 봅시다. (하

고 간다.)

예림   (어이없다) 와, 계약하자마자 바로 사람이 돌변하네.

S#12.   보람마트 안, 낮

호랑이 계산대에 있는데, 초등학생 아이(김도윤/10세/남)가

마트 문을 빼꼼히 열고,

도윤   (시니컬하다) 마트 닫았어요?

호랑   연 건 아닌데… 왜 뭐 필요한 거 있어?

[cut to]

컵라면 하나를 올려놓는다.

호랑   (라면 보며) 이거 하나 살려고 기웃거렸어?

도윤, 말없이 주머니에서 꼬깃꼬깃한 천 원짜리 한 장을 내

민다. 호랑은 아이가 내민 천 원짜리가 뭔가 짠하다.

호랑   심부름이야?

도윤	제 저녁밥인데요.

그때, 태호가 입에 사탕 하나 물고 껄렁껄렁하게 들어온다.

호랑	(들어오는 태호를 싸늘하게 보다가 도윤에게 거스름돈 주며) 어린이가 라면으로 저녁 때우면 안 되지. 키 커야 되는데…

태호, 무심하게 계산대 위에 즉석밥 툭 던진다. 도윤과 호랑, 태호 보면

태호	(도윤에게) 쪼끄만 게 라면 맛있는 건 아네. 밥 말아 먹어!
도윤	(기죽지 않고) 돈 없는데요.
태호	형이 주는 거야. 형 여기 사장이야 얌마.
도윤	(눈빛지지 않고) 저 거지 아닌데요.
태호	형이 말이야. 너만 한 제자가 삼십 명도 넘어. 쌤이 주는 거다~ 생각하고 갖고 가. 어린이는 뻔뻔해도 돼.
도윤	(받았던 거스름 동전들을 다 내려놓고 즉석밥을 챙겨서 간다.)
태호	쪼끄만 게 센 척하기는.
호랑	(태호가 달리 보인다.)
태호	(호랑 보며) 뭐~ 돈 달라고?
호랑	아니. 난 생각도 못 했다. 밥 준 거 말이야.
태호	내가 초딩 맘 읽는 덴 너보다 전문가야.

호랑	그럼 어린이 손님을 위한 아이디어 한번 내봐.
태호	(마트 둘러보다가 툭) 과자가 너무 멀어.
호랑	뭐?

[INS] 플래시백 – 트럭 안

예림	보람마트 과자 코너가 입구에서 너무 멀다는 생각 안 드세요? 애들이 안까지 들어가기 멀지 않을까요?

호랑	(태호 보며 감탄) …나 처음으로 너한테 소름 돋는다.
태호	(어리둥절) 내가 뭐, 했어?

S#13.　　**진성마트 매장 밖, 저녁**

　　상우가 진성마트에서 퇴근한다. 작은 가방 하나 매고 나오는 정도. 뭔가 복잡한 표정으로 터덜터덜 걸어오다가, 주머니에서 명함을 꺼내 본다.

S#14.　　**플래시백 – 진성마트 안**(몇 시간 전, 낮)

송PD	혹시… '썬더보이즈' 아니었어요?
상우	(놀람) 네??

송PD	맞죠? 막내 윤상우 씨.
상우	(당황스럽다) 어떻게 아셨어요?
송PD	알면 안 되나요? (웃음) 저 이 동네 살아요. 이제 마트에서
	일하시는 거예요? 음악은 안 하세요?
상우	(손에 낀 목장갑이 민망해진다.)
송PD	(명함 주며) 이거 제 명함이에요. 또 놀러올게요.

S#15. **진성마트 매장 밖(현재), 저녁**

상우, 받은 명함을 본다. 'TGS 라디오 PD 송지선'. 그녀가
했던 말이 맴돈다.

송PD	[E] 이제 마트에서 일하시는 거예요? 음악은 안 하세요?

뭔가 씁쓸하다.

S#16. **보람마트 입구 밖(다음 날, 낮)**

마트 앞에서 도매상에서 도착한 박스가 잔뜩 쌓여있다. 보
며 경악하는 예림

예림	와… 정리할 거 산더미!! 초보들 데리고 난 죽었다…

S#17.   보람마트 안, 낮

예림, 마트 안으로 들어오는데 영민, 호랑, 태호가 일렬로
서서 매장 안으로 박스를 들어 나르고 이준과 상우가 박스
가져다가 통조림, 라면 등을 코너에 진열한다.

예림   뭐야, 손발 착착 맞잖아?

예림은 옆에서 사장들이 진지하게 일하는 모습을 몰래 지
켜본다. 한 치의 오차도 없이 박스 전달부터 세팅까지 호흡
이 척척 맞는다. 철없고 놀기 좋아하는 사장들이라고 생각
했는데, 기대 이상이다.

예림   [E] 이상하단 말이야…

영민   (힘든 표정으로 허리 쭉 펴며) 아유 아유~~ (심호흡하고) 그려,
        암만 힘들어두 죽기밖에 더 하겠어? (하고는 웃으며 다시 일
        시작)

예림   [E] (그런 영민 보며) 서로 고향도 다르고, (화려한 옷의 이준 보
        며) 취향도 다르고,

상우   (형들 쪽 보며) 형들~ 라면 세팅 완료요~.

예림   [E] (상우 보며) 나이도 다르고,

호랑   (태호에게) 이따 나랑 갈 데 있다. 어디 토끼지 마.

태호   너나 토끼지 마!

호랑	걱정 마. 난 토끼 아니고 호랑이니까.
태호	(진심 짜증) 야! 우리 도장 애들한테도 안 통하는 개그 치지 말라고.
예림	[E] (그런 호랑과 태호 보며) 만나기만 하면 싸우는데…

예림이 온 줄도 모르고 "간다~ 받아~ 나이스~" 하면서 구슬땀을 흘리는 사장들.

예림	호흡이 잘 맞단 말이야… 대체 이 사람들 과거가 뭐야?

그때, 호랑이 예림을 본다.

호랑	어? 왔다! (사장들에게) 사장들~ 오늘부터 정식 출근한 오예림 알바생~ 말이 알바지. 보람마트 7년 선배야. (태호에게) 너하곤 인연이 깊잖아? 카운터의 파이터들. (웃음)
태호	(어색하게) 알바생과 진상 손님을 넘나드는 분인데. 모를 수 없지.
예림	(웃음) 제가 좀 단짠단짠해요. 근데 캐셔가 왜 무거운 박스를 날라요? 돈 계산만 해도 머리 아픈데?
태호	(천군만마를 얻은 듯 호랑에게) 그 봐~~!! 들었지~~. (예림 보며) 와~ 알바생 잘 왔네. 겁나 웰컴이야!!
호랑	(태호의 호들갑이 어이없어 웃음만)

영민	(웃으며) 나도 환영혀. 예림 씨! 이제 마트 좀 돌아가겠네~.
상우	보람마트 알바 왔으니까, 진성마트 알바는 출근하러 갑니다. (웃음) 저녁에 봐요. 형들~ (예림에게) 또 봐요 예림 씨~ (가는)
호랑	진성 사장이 괴롭히면 연락하고~~.

상우, 웃으며 마트를 나간다. 그 모습을 미안한 눈빛으로 보는 이준

이준	(혼잣말) 수산물 코너 하면 되는데… (친구들 보며) 나한테 시킬까 봐, 말도 못 하고… 미안하다 상우야.
태호	나도 태권도장 갔다 올게~.
호랑	(성질) 토끼지 말랬지!
예림	(태호에게) 사장님!! 저한테 포스기 더 배우셔야 되는데? 기다릴게요. 빨리 와요.
태호	(예림의 말에 멍) 어… 알겠어… (호랑에게) 호랑아. 연락해. 이따 갈게.

태호, 나가는데 무슨 이유인지 예림이 신경 쓰인다. 어기적 어기적 나가다가 뒤돌아 슬쩍 예림을 본다. 예림은 이미 카운터에서 정리에 돌입했다. 태호, 예림이 와서 뭔가 안심이 된다. 편안한 얼굴로 마트를 나간다.

S#18.   MSG 엔터 사무실. 낮

민수가 아이스 아메리카노를 앞에 두고 앉아서 얼음을 깨 먹으며 상대를 본다. 맞은편에 호랑이 앉아있다.

민수 　 놀랐다야~~ 최호랑이 여길 또 기어들어 왔네? 따지자는 눈빛은 아니고, 설마 뭐 부탁하러 왔나?

호랑 　 저희들… 마트에서 장사하기로 했습니다.

민수 　 (툭) 알아. (하며 얼음 깨먹는)

호랑 　 (의외다) 알고 있다고요?

민수 　 본론부터 얘기해. 그래서 뭐, 영업하러 왔어?

호랑 　 (어렵게 얘기를 꺼낸다) 여기 소속 고사리 씨가 「밥심이 짱이 다」에 나오는 거 봤어요. 대표님은 다음 식재료 아시죠?

민수 　 (한껏 여유 부리며) 알지.

호랑 　 그것 좀… 알려주세요. 장사할 때 귀한 정보가 될 거 같아 요.

민수 　 (사람 살살 약 올리는 투로) 내가 정보 주면 나한테 뭐 줄래?

호랑 　 네??

민수 　 (진지하게) 부동산 가서, 보람마트 안 판다고 해.

호랑 　 (생각보다 별거 아니어서 이상한) 원하는 게… 그게 다예요?

민수 　 내가 사업을 해봐서 아는데, 마트 팔아서 목돈 챙길 생각 하면, 일이만 원 버는 게 우스워진다고. 뭔 말인지 알지.

호랑 　 …네. (하면서도 민수의 저의가 의심스럽다.)

민수	내 말 들어. 마트 내놓은 거 취소하면 정보 준다.
호랑	(민수가 의심스럽지만) 이번 주부터 알려주시는 거죠?
민수	매물 취소부터 해. 짜샤.

그때, 민수에게 핸드폰 진동이 울린다. 전화받는 민수. "예 회장님~~" 하며 전화를 받는데. 그때 호랑의 눈에 사무실 화이트보드가 보인다. '고사리 스케줄' 호랑의 눈이 빛나 며, 태호에게 문자메시지를 보낸다.

호랑	[E] 주소 보냈다. 청담동으로 튀어와.

S#19. 진성마트 앞, 낮

이준, 진성마트 입구로 걸어간다. 상우에게 전화해 보는데 안 받는다.

이준	(진성마트 문 보며) 상우야, 밥은 먹고 일하냐.

멀리서 마트를 지켜보는데 손님 1의 얘기가 귓가에 맴돈다.

손님1	[E] 이 동네 슈퍼에 수산물 코너가 진성밖에 없잖아. 보람 마트에 생선 있어? 없지?

이준   (너무 괴롭다) 수산물 얘기 꺼내는 순간, 담당은 나라고요.

그때, 진성마트에서 상우가 나온다. 무거운 박스를 어깨에 지고 배달을 간다. 그 모습을 본 이준, 상우가 안쓰럽고 미안하다.

이준   상우야, 형이 고생시켜서 미안해. 형이 비린내도 못 맡고 책임감도 없는데… 괜히 장사한다 그랬나 봐.

무거운 발걸음으로 뒤돌아 나오는데 눈앞에 붕어빵 장수가 보인다.

이준   (반갑) 이 동네 붕세권이었네? 애들 좀 사다줄까? (그러다) 아, 붕어… (한숨) 생선은… 당분간 패스. (지나친다.)

길을 가는데 맞은편에서 꽃게깡을 먹으며 오는 학생들이 보인다.

이준   꽃게… 과자도 해산물이잖아!! 왜들 이래~ 맘 약해지게….

뷰티샵, 낮

헤어, 메이크업을 마친 고사리, 손거울로 헤어 체크하면서
나오는데, 그 앞에서 호랑과 태호가 넙죽 인사한다.

고사리   누구…??

호랑   대표님이 보내신 매니저입니다!

고사리   (기분 째진다) 아따~ 나 땜시 돈 좀 벌었능가? 로드까지 붙
    여주고? (하며 차 키를 건네주려다 옆에 태호 보고 멈춤.)

태호   (긴장하며 고사리 눈치를 보는데)

고사리   (태호 보며) 옆에 자기는 누구…?

태호   (망설이다가) 아, 저는요… 헤메!! 헤메 담당입니다. 하하. (손
    에 퍼프를 들어 보이며) 우리 형님 23호 맞으시죠?

고사리   어떻게 알았능가? (기분 째지는) 이거 드림팀이구마~ (하며
    차 키를 호랑에게 건넨다.)

호랑과 태호, 둘 앞서 나오면서

호랑   (태호에게만 들리게) 피부 톤 23호인 건 어떻게 알았냐?

태호   혹시 몰라서 예림이한테 물어봤지.

호랑   웬일이냐? 안 하던 짓 하고?

태호   너만 믿었다간 진작에 의심받고 쫓겨났어.

호랑   (어금니 꽉 물고) 슬슬 도발한다? 또? (하며 팔로 헤드록 걸려

는데)

고사리   (뒤에서 웃으며) 아따~ 우리 고사리 스태프들 사이가 좋구먼.

그 순간 헤드록 걸려던 호랑의 손이 다정하게 어깨동무로 변한다. 뒤에서만 다정한 어깨동무 투 샷. 앞모습은 서로 노려보며 차로 향한다.

S#21.   **방송국 대기실 안. 낮**

스태프   (문 열고 고개 빼꼼히 내밀고) 녹화 들어가겠습니다~~ (나간다.)

고사리가 큐 카드 챙겨 나가고, 그 옆에서 퍼프로 얼굴 찍어주며 가는 태호. 뒤에 호랑을 향해 울상을 지어 보이는데, 호랑이 엄지를 치켜든다. 고사리와 태호가 나가자 호랑은 테이블에 있는 대본을 들춰서 식재료를 확인한다. (식재료 뭔지 화면에서 보이지 않는다) 확인하고 나서 표정이 어두워지는 호랑.

호랑   마트에서 이걸 어떻게 팔지…?

방송국 대기실 밖 복도, 낮

복잡한 표정으로 대기실에서 나오는 호랑. 그때 뒤에서 누
군가 말을 건다.

태하   [E] 최호랑…?

호랑이 뒤돌아보면 풀메 완벽하게 세팅된 아이돌 가수 '태
하(남/20대 후반)'가 긴가민가하면서 호랑을 보고 있다. 호랑,
태하를 모르는 척하고 싶지만, 태하는 호랑을 아는 척하며
다가오는데.

태하   (긴가민가하다가) 최호랑 맞지? (반가운) 야, 이게 얼마 만이야
          ~.

호랑   (어색하게 미소만 짓는다) 어….

태하   (웃음) 우리 5년 만인가? 어디 출연하러 왔어? (그러다 호랑
          의 옷에 꽂혀있는 '출입증'을 본다. 그제야 호랑을 위아래로 보며)
          아… 출연이 아닌가… 혹시 매니저…? 전업한 거야?

호랑   어? …어. 태하야, 녹화 시작해서 먼저 가볼게. (가려는데)

태하   (호랑 잡는) 오랜만에 만났는데, 셀카라도 찍자. 너무 반가워
          서 그래.

태하는 이미 핸드폰을 꺼내 어깨동무를 하고 포즈를 잡고

있다. 셀카 따위 찍고 싶지 않지만, 억지로 렌즈를 본다. 그
와중에 슬쩍 눈을 돌려 태하를 본다. 누가 봐도 아이돌 비
주얼… 자신은 누가 봐도 매니저 비주얼….

S#23. **길거리, 저녁**

해가 진 저녁. 방송국에서 나와 거리를 걷는 호랑과 태호.
녹화가 끝나고 표정이 심각해진 호랑을 눈치챈 태호. 무슨
일이 있었나 싶은데.

태호   (괜히) 오랜만에 방송국 가니까 이상하더라…

그래도 호랑은 대답 없이 길만 걷는다. 태호, 뻘쭘해서 핸
드폰을 켜서 보다가 뭔가를 발견하고 눈이 커진다.

태호   이거 뭐야. (호랑에게) 너 윤태하랑 셀카 찍었어?

호랑, 태호가 보여주는 인스타 화면을 본다. 태하와 자신이
찍은 사진이 올라와 있다. 사진 아래 글. 보고 읽는 태호.

태호   (핸드폰 글 보며) 한때 라이벌이었던 최호랑. 그땐 경쟁했지
       만 팬으로 다시 만나 반가웠다. 입덕 환영하고! 매니저로도

성공하길? 아 개빡치네~!!! (완전 짜증) 네가 무슨 매니저야 ~~ 사진 올린단 말도 없었지? 야, 지금 디엠 보내, 글 내리라 그래! 내가 해?!!

호랑   (덤덤하게) 쓸데없는 거에 열 올리지 마. 그리고 오늘은 매니 저 맞잖아.

태호   (호랑의 반응에 더 열받아서) 넌 화도 안 나냐? (핸드폰에 사진 가리키며) 얘 지금~ 옛날 라이벌 만났는데 지가 더 잘나 보 이니까 신난 거잖아. 지는 아직도 아이돌 한다 이거야~

호랑   (태호 보며) 그럼, 매니저 아니고, 마트에서 일한다고 했어야 돼?

태호   사장이라고 하면 되잖아~!!

호랑   (어이없어 웃음만) 그게 뭐가 중요해. 날 뭘로 보든 상관없어.

태호   나는 상관있어! 최호랑, 내가 너 대신 격파해 줄게!

호랑   (덜컥 겁나기 시작) 야, 괜한 짓 하지 마.

태호   (완전 흥분) 말리지 마!! 격파의 시작은… 악플이다. (하며 간 다.)

호랑   (한숨) 그게 뭐가 중요하다고… (근심) 식재료를 알아내도… 팔 수가 없어.

S#24.   **보람마트 안, 밤**

마트 유리문 양쪽에 지나의 이온음료 광고 화보를 붙이고

있는 예림. 다 붙이고는 흐뭇해서 본다. 영민, 걸어오다 지
나 화보를 보고 멍…해진다.

예림   (화보 보며 영민에게) 사장님 어때요? 우리 지나 언니 진짜 이
         쁘죠? 아, 누군지 모르시려나?

영민   (멍 때리고 보다가 깜짝) …어? 어….

이준   (영민 옆에 와서 의미심장한 표정으로 예림에게) 영민이가 너보
         다 더 잘 알 걸? (하며 쓱 영민 보는데)

영민   (얼굴이 빨개지며 허둥지둥 당황) 내가 뭘….

그때, 지나 사진이 붙은 마트 문이 확 열리더니, 태호가 씩
씩거리며 들어온다. 뒤를 이어서 호랑이 어두운 표정으로
들어오는데,

영민   (걱정스럽게 보며) 니들 표정이 왜 그랴? 방송국 가서 싸운
         겨?

이준   (눈이 똥그래지며) 방송국?!! 왜 갔는데? (아쉬워 미침) 나두 데
         리고 가지이~.

영민   애들 놀러 간 거 아녀~ 식재료 알아내겠다고 녹화장 간 겨.

이준   (새삼 친구들에게 미안하다) 니들… 그렇게까지 한 거야?

호랑   (민망한) 뭘… 난 매니저 하고, 태호는 세수도 안 하는 놈이
         헤메 담당한 거야.

태호	(가뜩이나 기분 안 좋은데, 예민미 폭발) 나 잘 씻거든?!
예림	(태호에게) 아~ 그래서 고사리 피부 톤 물어본 거였어요? 보기보다 세심하시네요?
태호	(예림 보며) 어? (뜻밖의 칭찬 기분 좋다) 참, 빌려준 쿠션을 다 써버렸는데. 미안해. 새로 사줄게.
예림	(쿨내 진동) 괜찮아요~ 전 어두워서 안 쓰던 거였어요. 근데 성과는 있으셨어요?
호랑	(고개 숙이며) 보람이 없다. 식재료를 알아도 못 팔아.
예림	왜요? 뭔데요?

모두 호랑의 얼굴을 주목한다. 호랑이 숨 한 번 들이쉬고,
입을 뗀다.

호랑	고등어.

일동, 납득한다는 탄식.

예림	(놀람) 수산물…? 보람마트 역사상 한 번도 판 적 없는 식재료예요.
이준	(왜 하필 수산물이 나오는지… 내적 고통에 괴롭다.)
호랑	아무래도 당장은 무리겠지? 아쉽지만, 건너뛰자.
태호	(아쉬운) 하… 고등어 하나 알아내려고, 이 손목이 나가도

록 고사리 얼굴을 두들겼는데~

호랑   각자 자기 담당 일하기도 바쁘잖아. 상우도 없고…

그때, 탁! 하고 카운터에 목장갑이 던져진다.

이준   집중! (결심한 듯. 눈빛 단호하게) 담당 없는 사람, 나 있잖아!

이준이, 세상 결연한 눈빛으로 카리스마 있게 한쪽 머리를
쓸어 올리며 마트를 나간다. 모두, 이준의 돌발 행동에 할
말을 잃고 쳐다본다.

S#25.   진성마트, 밤

상우가 채소 박스를 무겁게 들고 걸어오는데, 진성마트 문
을 열어젖히고 이준이 당당하게 들어온다. 그 모습을 본 진
성 사장, 눈에 불을 켜고 달려온다.

진성 사장   어이! 첩자!! 왜 또 왔어!!

이준, 개의치 않고 상우가 들고 있던 박스들을 바닥에 탁
내려놓는다.

이준   (상우 보고) 임무 끝났어. 집에 가자 상우야.

상우   (어리둥절) 아직 알아낸 거, 없잖아요?

이준   (단호하게) 할 거 있어. 내가 할게!

상우   있다고요? 뭐요?

이준   (결연한 눈빛) 수산물. (상우 이끌고) 나 땜에 고생 많았어, 상
        우야.

진성 사장   둘이 한패야? (상우에게) 너도 보람마트 첩자였어?

상우   (당당하게) 사장님, 제가 마트 리뷰 좀 해드릴게요. 신선식품
        여사님 가방에 더덕 잔뜩 있고요. 캐셔 알바 누나는 아픈
        게 아니라 잠수 탄 거예요. 잠깐 일한 저도 이런 게 보이는
        데 사장님은 모르셨죠? 직원들한테 관심 좀 가져주세요.

진성 사장   (당황) 네, 네가 뭘 안다 그래? 이 재수 없는 보람마트 놈들.
        다 꺼져!

이준   (진성 사장에게) 안 그래도 빨리 꺼질 거예요. 이 동네에서 마
        트 짱 먹을 거거든요. (나가려다 멈칫) 근데 사장님. 옷이 좀
        구려요~ (상우에게) 가자!

진성 사장   (어이없어하면서도 자신의 티셔츠를 내려다본다.)

이준과 상우가 어깨동무하고 마트에서 나가고, 이 모습을
진열대 뒤에서 보고 있는 송지선 PD. 호기심 어린 얼굴로
입가에 미소를 띠고 보고 있다.

S#26. **길거리. 밤**

어깨동무를 하고 걸어가는 이준, 상우의 뒷모습

상우   형, 진짜 수산물 할 수 있어요?

이준   이미 수산시장 싹 다 검색했어. 새벽에 업자 만나기로 했어.

상우   검색이요? (한숨) 우리 내일… 마트 오픈 잘할 수 있겠죠?

S#27. **보람마트 외경(다음날. 낮)**

보람마트의 간판 아래 '보람마트 시즌2 그랜드 오픈' 플래

카드가 펄럭이고 있고, 입구에 레드 카펫이 깔려있다.

S#28. **보람마트 안. 낮**

작업복('폐업 세일' 때 입었던 복장)을 입은 사장 다섯 명과, 노

랑 앞치마를 맨 예림이 매장 안에 모여서 손을 모으고 있다.

호랑   오늘부터 '보람마트 시즌2'다. 시무 10조 시작이고, 알지?

        신태호?

태호   (호랑에게) 서로 긁지 말자.

예림   (웃으며) 우리 파이팅 해야죠. 뭘로 할까요?

영민   (싱글벙글) 오랜만에 우르르 쾅쾅 어떠~?

나머지 사장들(싫다고 난리) 야!!!!

예림   (그게 뭐지? 싫다가 장난삼아 툭) …우르르 쾅쾅??

사장들   (자동반사. 모두 손을 위로 올리며) 썬더보이즈~~~!!! (해놓고 민망)

/사장들은 작업복 위에 각자 명찰을 단다. '보람마트 최 사
장' 등

/예림이도 '보람마트 오 캐셔' 명찰 달고 미소를 짓는다.

/깨끗하고 깔끔한 진열대. 과자 코너가 카운터 가까이로
이동해 있다.

/사장들 다섯 명 나란히, 기분 좋은 긴장감을 안고 서서 마
트 문을 바라본다.

[cut to]
예림이가 문 팻말을 'OPEN'으로 바꿔놓는다. 그러다 문밖
에 누군가를 보고,

예림   (환하게 웃으며 뒤돌아 사장들에게) 손님 왔어요!!

호랑   (기뻐한다) 그래~?

태호   재오픈 첫 손님이야!!

영민	모두 일렬로 서서 인사하자~.

다섯 사장, 일렬로 서서 손님을 기다리고, 예림도 뛰어와 옆에 나란히 선다. 두근두근, 첫 손님에 대한 기대감으로 환하게 미소 짓는 사장들. 드디어 마트 문이 열리고… 사장들의 얼굴이 일제히 당혹감으로 바뀐다. 태호는 귀신을 본 듯 깜짝 놀라는데, 마트 입구에서부터 태영(태권도복 차림)이 잔뜩 화난 얼굴로 성큼성큼 걸어온다. 태호, 놀라서 매장 안으로 도망치려는데, 곧바로 태영이 뒷목을 잡아당겨 헤드록을 건다. 지켜보는 사장들도, 조마조마한데.

이준	(시선은 태호 보면서 옆에 상우에게) 이 재밌는 구경을 놓치겠네. (상우 보고) 나 수산시장 간다. 나중에 싹 다 얘기해 줘.

이준은 마트 밖으로 나가고, 상우는 걱정스럽게 태호를 본다. 태영에게 헤드록 걸려 질질 끌려가는 태호.

태호	(잡혀가면서) 아 놔 쫌!! (하면서 태영 팔 뿌리치고 헤드록 푼다.)
태영	뻔질나게 태권도장 비우고 웬 약속 타령인가 했더니, (어이없다) 너 여기 취직했어?
태호	취직이 아니라, 나 여기 사장이야~.
태영	(태호의 등짝을 내려치며) 네가 무슨 사장이야!!

태호	(아파 죽겠다는 듯이 등짝 문지르며) 아야!! 애들 앞에서 쪽팔리게!
태영	더 쪽팔리고 싶지 않으면 순순히 가~.

하고 강제로 태호 팔을 이끄는데 태영 앞을 호랑이 막아선다.

호랑	누나, 저희 진짜 여기 사장이에요. 태호 걱정되시는 건 알겠는데, 오늘 저희 손으로 마트 오픈한 첫날이에요. 이해 좀 해주세요.
태호	(호랑 뒤로 가서 바짝 숨는다.)
태영	(호랑 보며) 호랑아, 너 태호 알잖아. 얜 장사 못해. 귀하게 커서 일머리도 없고, 물정도 몰라.
호랑	알죠. 힘든 일 싫어하고 무거운 것도 못 들어요.
태영	지 손으로 청소 한번 해본 적 없는 놈이야. 방청소도 안 해!
호랑	마트 청소도 안 해요.
태호	(듣다보니 뒷담화 배틀된 상황. 슬슬 기분이 나쁘다. 호랑 뒤에서 나오며) …둘이 뭐 하는 거야? 나 갖고 디스 배틀해?
호랑	그래도 돈에 환장해서 계산 하난 잘해요. (진지하게) 누나, 저희는 누구 하나라도 빠지면 안 돼요. 태호 있어야 돼요.
태호	(호랑의 말에 살짝 감동해서 호랑 보는)
태영	(흔들리지 않고) 태호가 능력도 부족하지만. 누나 된 입장에

선… (망설이다 솔직하게) 동생이 이런 데서 일하는 거 싫어. 돌아가신 아버지가 벌떡 일어나실 일이야.

호랑   ('돌아가신 아버님' 얘기에 눈빛이 흔들린다. 몰랐다.)

태호   (역시 누나의 얘기에 숙연해지는데)

복순   [E] 다들 비켜~ 계산하게!

모두 뒤돌아보면 복순이 양손에 물건을 쥐고 계산대 앞에 서 있다.

예림   (눈치 보다가 계산대로 가서) 할머니 주세요. 제가 계산해 드릴게요.

태영   (태호 팔을 이끌며) 쓸데없는 짓 그만하고 가자.

복순   (태영 앞을 막아선다.) 뭐여? 어딜 가.

태영   네??

복순   (태호에게 물건 건네며) 계산해.

태영   할머니 얘는 이제 여기서 일 안 할 거예요.

예림   (눈치 살피며) …할머니, 제가 계산해 드린다니까요.

복순   (태호 보며) 딴 사람은 못 믿어. 난 이 총각한테만 계산해. 딴 직원들은 내가 몇 년간 모은 포인트도 버렸다고.

태호   (이때다 싶어 꼬깃꼬깃 접힌 포인트 종이를 복순에게 내민다) 할매~~~ 바닥 청소하다 이거 찾았어!

복순   (아이처럼 기뻐한다) 찾았구먼!!! 찾았네. 어여 물건 계산하고

(태호가 그린 포도송이 종이 내밀며) 스티컨지 뭔지도 붙여줘.

태호   넹~~.

이때다 싶어 태호는 잽싸게 계산대로 가서 할머니 물건을
계산한다. 그 모습을 보는 태영, 어이가 없고 속상하다.

태영   마트가 그렇게 좋으면, 내일부터 태권도장 오지 마! (하고
간다.)

S#29.   **보람마트 밖. 낮**

태영, 씩씩거리며 태권도장 셔틀로 가는데 뒤에서 뛰어온
태호가 과자가 가득 담긴 비닐봉지 2개를 태영에게 준다.
태영, 보면

태호   개업 선물이야. 가서 애들 나눠줘.

태영   (비닐봉지 보는데 속상하다.) …이게 말이나 돼? 태호야. 겨우
나이 스물아홉에 동네 할머니한테 양갱 파는 걸로 만족하
면서 살 거야? 안 늦었어. 누나가 뒷바라지해줄게. 뭐라도
도전해.

태호   마트 사장도 도전이야.

태영   이게 도전이라고? 넌 꿈도 없어? 목표도 없어?

태호	아 돈벌이 하라매~~ 누나가 그랬잖아.
태영	(달래는) 알았어. 누나가 월급 올려줄게. 이런 데서 일하지 마.
태호	(태영 보다가 진지하게) 몇 달 전이었다면, 누나 말에 혹했을 거야. 나 돈에 환장했었거든? 근데 얼마 전에 알았어. 난, 정에 환장한 놈이야.
태영	뭐?
태호	어릴 때 엄마 돌아가시고, 멤버들이랑 합숙하다 헤어지고, 무섭기만 했던 아버지도 돌아가시고 나서… 나 그동안 외로워서 방황했었어. 누나.
태영	(몰랐다.)
태호	근데 마트에 앉아있으면 하루 종일 손님들이 찾아와. 애들하고 티격태격 일하니까 외롭다는 생각도 안 들었어. 난 성공보다, 서른이 되기 전에 좀… (태영 보며) 행복해지고 싶어. 그러니까, 나 쫌만 봐주라 누나.
태영	(동생의 말에 울컥, 내색 안 하고 과자봉지 보며) 이걸로 누구 코에 붙이라고~ 다음엔 한 봉지 더 줘. (하고 셔틀에 탄다.)

태호, 누나가 셔틀 타고 가는 모습을 지켜본다. 뒤에서 누가 어깨를 툭 친다. 뒤돌아보면, 호랑이다. 호랑이 건네는 손에, 막대사탕이 있다. 태호, 사탕을 받고는 다시 누나가 간 곳을 본다.

S#30. **보람마트 안, 낮**

매장 가운데에 TV가 틀어져 있고, 손님 두세 명이 드문드 문 있다. 그 아래 종이엔 ['잠시 후 밥심이 짱이다'의 식재 료 커밍쑨] 글씨가 쓰여 있다.

그런데 TV 앞 테이블엔 썰렁하니 아무것도 없다. 호랑과 영민, 초조하다.

호랑   이준이는, 출발했대?

영민   (손에 핸드폰 들고 울상) 전화를 안 받어. 원양어선이라도 탄 겨?

예림   (걱정) 어떡해요? 방송 시작하기 전에 재료 와야 되는데?

태호   (입에 막대사탕 물고) 첫날 장사 망삘이다….

상우   제가 나가서 손님이라도 모아올까요?

호랑   아냐. 기다려보자. 이제 막 오픈했잖아. (하면서도 초조한데)

그때, 들어오는 여고생 손님들. 자기들끼리 들릴 듯 말 듯 귓속말

여고생1   …여기 맞나…?

여고생2   태하 오빠 친구는 어딨어?

여고생1, 2 (그러다 호랑을 발견하고 호들갑) 여기 맞네! 맞아!!

호랑   (무슨 일인가 싶은데)

여고생1	(호랑에게 다가와서) 저… 태하 오빠랑 친하세요?
호랑	네????
여고생2	태하 오빠랑 셀카 찍은 친구 아니에요? 오빠 SNS에서 봤어요.

[INS] 태하가 인스타에 올린 태하와 호랑의 셀카 사진

호랑	아… 태하랑 찍은 사진….
여고생1,2	어머!!! 태하래~~ (자기들끼리 좋아죽는)
여고생1	둘이 친구예요? 또 언제 만나요?
태호	(싹 끼어들어 와서) 아유~ 태하랑 절친이죠~~.
여고생2	대박!! 아저씨도 태하 오빠 알아요?
태호	(호랑에게만 들리게) 태하는 오빠고, 난 왜 아저씨냐?
여고생1	(여고생2와 함께 핑크 핑크한 쇼핑백을 건네주며) 이거 태하 오빠 선물인데, 전해주심 안 돼여?
호랑	(당황스럽지만) …여긴 어떻게 알고 왔어요?
여고생1	여기 태하 오빠 친구가 하는 마트라고. 댓글에 주소 있던데요? (귀엽게) 저희 오늘 많이 사갈게요~ (진열대로 가면)
호랑	(보고 태호에게만 들리게) 주소? 너 뭐한 거야?
태호	(싱글벙글 얼굴로 자신이 쓴 인스타 댓글 보여주며 읽는) 태하 절친 최호랑 본캐는 마트 사장입니당. 주소는, 경기도…
호랑	[OL] 야 알았어 알았어. 악플보단 낫다.

태호   (신기해서) 야~ 그거 보고 올 줄은 몰랐네~.

그 뒤로도 여고생 팬들이 마트 안으로 잔뜩 밀려들어와 선물을 전해달라고 한다. 마트가 북적북적. 여고생들이 너도 나도 호랑에게 인증 샷을 요청한다. 멋있게 말고, 태하랑 셀카 찍을 때처럼 눈 풀린 표정 해달라는. 마다하지 않고 해주는 호랑. 예림은 그 모습이 신경 쓰인다.

예림   (호랑 보며) 사장님이 일은 안 하고 신났네 아주. (그러다 TV로 시선 돌리고) 어, 지나 언니 광고다… (미소)

TV 광고에 지나가 나오고 있다. 호랑, 태호는 여고생들에 둘러싸여 정신없고, 한편에서 영민이 지나의 광고를 또 멍…한 눈빛으로 보고 있다. 그때, 밖에서 꺄악~~~~ 하는 환호성이 들린다. 사장들과 예림, 무슨 일인가 싶어서 문으로 눈을 돌리면, 웬 여자(지나)가 후다닥 뛰어들어온다. 뒤로 남자 매니저가 따라 들어온다.

예림   (눈으로 보고도 믿기지 않는) 헉, 지나 언니…??!!!!!
호랑, 태호, 상우 역시 놀라서 지나를 바라본다. 마트 안에 있는 여고생들 모두 소리를 지르고 "체인걸스 지나다!!!" 하며 핸드폰을 꺼내 촬영하기 시작한다. 물건 고르던 아줌

마들도 놀라서 전화하는,

아줌마   (통화) 보람마트에 지나가 왔어~!

할머니   (지나 보며) 테레비에 나오는 지나 아녀? 아유~ 인형 같구
        면~.

사람들이 폭발적인 관심을 보이고 있는 반면, 개의치 않고
뭔가를 찾는 지나

매니저   (옆에서 지나 경호하며) 사다 준다니까… 이 카메라들 어쩔
        거야.

지나   이 기분에 먹고 싶은 아이스크림을 오빠가 어떻게 알아?
        (하다가 예림에게 와서 웃으며) 아이스크림은 어디에 있어요?

예림   (기절 직전. 벌벌 떨며 손으로 가리킨다) …저기 정육 코너 옆에
        요…

지나, 미소를 지어 보이고는 아이스크림 쪽으로 간다.

상우   (지나 보며) 와… 오늘 아침에도 노래 들으면서 왔는데… 눈
        앞에 지나 누나가 있네?

태호   (아이디어 번뜩) 최호랑! 이거야!! 태하랑 했던 것처럼 지나
        한테 가서 셀카 찍자고 해! 그 사진 올리면 우리 월클 마트

되는 거야!

호랑   (전혀 관심 없음) 두 번은 싫다. 아이돌 옆에서 오징어 되는 거. (그러다 정육 코너 보며) 그리고 신태호, 눈치 좀 챙겨.

지나, 성큼성큼 아이스크림 냉장고로 가다가, 문득 정육 코너에 시선이 꽂힌다. 아이스크림을 지나쳐 그대로 정육 코너로 직진한다. 예림, 무슨 일인가 싶어 보고. 호랑, 태호, 상우 역시 불안해하며 지켜보는데. 스티로폼 박스가 잔뜩 쌓여있는 쇼케이스 고기 냉장고 앞에 지나가 멈춘다. 그리고 그 앞에서 외친다.

지나   다 봤어. 나와! (안에서 아무 대꾸가 없자) 진짜 이럴래? 나와. 은영민!!!

그래도 안에서 대꾸가 없다. 지나, 정육 코너 안으로 들어가는 쇼케이스 옆 통로를 본다. 잔뜩 쌓여있는 스티로폼 박스를 정신없이 들어내며 안으로 들어가려 한다. 예림과 사장들 놀라는 표정에서.

4화 엔딩

포기하지 마

Episode
5

S#1.   **보람마트 안, 낮**

지나, 아이스크림을 지나쳐서 성큼성큼 정육 코너로 직진
한다.

[cut to]

정육 코너 안에서 빼꼼히 눈만 내밀고 보는 영민의 시선에
서. 지나가 성큼성큼 정육 코너로 다가온다. 그 앞에서 멈
춘다. 영민, 아예 구석으로 가 쪼그리고 앉아 숨어버린다.
지나의 목소리가 들린다.

지나	[E] 다 봤어! 나와!
영민	(확 눈을 감아버린다.)
지나	[E] 진짜 이럴래? 나오라고. 은영민!!!

정육 코너 입구에 쌓아놓은 스티로폼 박스를 지나가 정신
없이 드러내는 게 보인다. 당황하는 영민.

[cut to]

정육 코너 밖에서는 지나 주변으로 손님들이 몰려든다. 스
티로폼 박스를 들어내는 지나 옆에서, 아줌마들 "어머 어
머~~ 무슨 일이야?" 여고생들은 신나서 핸드폰을 들이대
고 사진을 찍고 있다. 뛰어온 매니저, 핸드폰 찍는 사람들로

부터 지나를 가리며,

매니저　(사람들 의식하며) 다 찍히고 있잖아. 아이스크림이고 뭐고 나가자!

주변에서 학생들, 지나를 찍으며 환호성을 질러대는데, 지나, 꿈쩍도 하지 않고 서운한 눈빛으로 정육 코너 안을 노려보다가, 차고 있던 목걸이를 확 풀어서 안에 던진다. 그러고는 성큼성큼 가버린다.

[cut to]
카운터에 물건 잔뜩 올려져 있고, 아줌마 손님이 기다리고 있다. 예림 손은 바쁘게 계산하면서, 눈은 정육 코너 쪽에 가 있다. 저쪽 상황이 궁금하다.

예림　(손님 물건 계산하면서) 무슨 일이야? 아 나도 보고 싶은데…

그때, 지나가 잔뜩 굳은 얼굴로 매니저와 함께, 주변에 손님들 우르르 몰고 마트 입구로 온다. 그 모습 본 예림, 또다시 흥분! 하트 가득한 눈빛으로 보는데. 지나가 마트 입구에서 나가려는 순간, 입구에 서 있던 호랑이 지나에게,

호랑	(툭) 김지나.
지나	(고개 돌려 호랑을 본다. 눈이 마주친다. 오랜만이다.)
호랑	(부탁하듯이) 다신 오지 마라.

지나, 서운한 표정이 역력해서 나간다. 그 모습을 보고 예림은 눈이 튀어나오기 일보 직전. 호랑에게 쌩 달려오며,

예림	지나 언니 알아요?!! 어떻게? 언제부터? 무슨 사이인데요 ~~~.

호랑, 대답은 안 하고 정육 코너를 바라본다. 영민이 걱정스럽다.

[cut to]
정육 코너 구석에 쭈그리고 앉아서 온갖 감정을 누르고 있던 영민. 고개를 돌려 바닥에 던져진 목걸이를 본다. 후들거리는 다리로 일어나 가서 목걸이를 집는데, 울컥 감정이 올라온다. 목걸이 펜던트에 각인된 YM.

영민	(또렷한 서울 말투) 바보… 왜 이걸 아직도 갖고 있어.

목걸이를 손에 꼭 쥔 영민. 그의 목에 걸려있는 목걸이. 그

의 펜던트에 새겨진 GN. 그 옆으로 부제.

「사장돌 마트」 05. 포기하지 마

S#2. **보람마트 안, 낮**

손님들이 한바탕 빠져나간 마트.

마트 문을 확 열고 뛰어들어온 이준. 궁금해 죽겠다는 표

정으로 와서 영민에게,

이준   태호 어떻게 됐어~ (태호 보며) 누나한테 뒤지게 혼났지?

영민, 대답 없이 세상 하늘이 무너진 듯 한숨 쉬며 고개를

숙이는데. 태호, 이준에게 눈 찡긋하며 눈치 준다.

이준   (눈치 없이 태호에게 윙크하며) 아~ 영민이도 혼났냐?

호랑   (영민 눈치 보며 이준에게) 그만하고… 고등어는 어떻게 됐어?

이준   (싱글벙글) 나와 봐.

S#3. **보람마트 밖, 낮**

매장 입구에 잔뜩 쌓여있는 스티로폼 박스.

호랑	(보고 놀라며) 이렇게 많이 샀어? 쫌만 산다며?
이준	태호가 준 돈으로만 산 거거든? 원 플러스 원. 나 잘했지?
예림	(불안한) 떨이 아녜요? 한 마리도 아니고 한 박스 더요?

호랑, 예림 얘기에 뭔가 불안하다. 제일 위에 있는 박스를 열어 보는데, 그 순간 모두가 코를 막는다. 비린내가 진동하는 고등어들.

태호	(코를 막고) 아우 씨 비린내~ 야, 조이준! 너 안에 보지도 않고 샀지?
호랑	(고등어 살펴보더니) 고등어가 탄력도 없고 흐물흐물하잖아. 이걸 어떻게 팔지? (영민 보며) 영민아, 네가 보기엔 어때?
영민	(건전지 빠진 로봇처럼. 멍하니 입 벌리고 허공만 보고 있다.)
이준	(영민 보며) 얘 왜 이래?
상우	(영민 의식해서 목소리 낮추며) 지나 누나 왔다 갔어요.
이준	지나가?? (영민 보며) 으이구. 하루 종일 또 정신 빠져 있겠네.
태호	뭐 원, 투데이냐? 아 고등어 어떡할 거야~~.
이준	아니… 못난이 고구마처럼 못난이 고등어로 팔면 되잖아.
호랑	못난이 고구마는 모양만 그렇지 최상품이었어~.
예림	(한숨) 수산은 힘들다니까요~. 보람마트가 왜 안 했겠어요~. 생선은 신선도가 생명이라 엄청 까다롭다고요.
태호	큰났다, 오늘 장사.

이준   (완전 의기소침해지는데)

상우   (그런 이준 보고 형들에게) 그래도 오늘 「밥심이 짱이다」에 나
　　　　오니까 싸게 팔면 손님들이 사갈 수도 있어요.

호랑   그래… 해 보자. (하고 박스를 매장 안으로 나른다.)

나머지 사장들도 박스를 하나씩 들어 안으로 나른다. 상우
가 이준에게 파이팅! 보내자, 용기를 얻은 이준, 심호흡을
하고 스티로폼 박스 옆 쇼핑백을 집는다.

S#4.   **보람마트 안. 낮**

이준이 찍는 브이로그 카메라 화면. TV에 「밥심이 짱이다」
방송 화면에서 고사리가 고등어구이를 맛있게 먹고 있다.
카메라 아래로 이동하면 스티로폼 박스에 진열된 고등어
들. 그리고 카메라 화면 안에 이준이 짠, 등장한다. 머리에
고등어 모자를 쓰고 있다.

이준   (카메라 화면 속) 여러분~ 쭈니 J예요~ 이번 주제는 쭈니의
　　　　해산물러 도전기입니다! 게스트는 바로~ (손으로 한 마리 들
　　　　어 올리며) 고등어 씨~ 와아 (환호) 근데요. 크… 만나자마자
　　　　이별입니다. 자! 준이가 고등어들을 떠나보내는데 얼! 마!
　　　　나! 걸릴 지 기대하세요!

아줌마 손님1 [E] 어머, 고등어가 다 있네?

이준   (카메라 보며 속삭이듯) 벌써 손님이 왔어요~~. (화면에 엄지 척)

브이로그 화면 끝나고 이준, 판매대 옆에 카메라를 고정해서 놔둔다. 기대에 찬 표정으로 손님들을 보는데.

아줌마 손님1 상태가 안 좋네… (하며 돌아선다)

아줌마 손님2 (고등어를 가까이서 살피더니) 아우… 비린내… (하며 가는)

이준   왜 가시지? 한 마리 사시면 한 마리 더 드려용~.

아줌마 손님3 [E] 고등어 좀 줘요.

이준   (눈앞에 손님 반가워하며 미소) 네!! 바로 드리겠습니다!! (하고 고등어 한 마리를 비닐봉지에 덜렁 담아 준다.)

아줌마 손님3 (황당) 그걸 그렇게 주면 어떡해요?

이준   (뭐가 잘못됐나? 손님을 보는) …네?

아줌마 손님3 손질해서 줘야지~.

이준   (멍) …손질…이요?

아줌마 손님3 소금 간해서 한 손만 줘요.

이준   (그거슨 한국말?) …소금 간? 한 손…이요?

아줌마 손님3 (슬슬 짜증 나기 시작) 바쁜데 얼른 해줘요.

이준   (당최 무슨 말인지) …손님… 싸게 드릴 테니까 그냥 가져가시면…

아줌마 손님3 (짜증 났다) 이걸 어떻게 집에 가서 손질 해~ 왜, 소금 없어요?

이준   (멍…해 있다가) 잠시만요, 손님! 제가 검색해서 바로 해드릴
            게요!

아줌마 손님3 (완전 짜증) 뭐래는 거야. 안 됐어요!! (가버리는)

주변에서 구경하던 손님들도 일제히 등을 돌려 지나쳐버
린다. 이준이 사 왔던 고등어는 한 마리도 팔리지 못하고
그대로 누워있다. 호랑과 상우, 멀리서 이 모습을 안타깝게
보고 있다. 태호, 짜증나 죽겠다.

판매대에 설치된 브이로그용 카메라 화면으로, 망연자실…
고개를 푹 숙인 이준의 모습이 보인다.

S#5.   보람마트 밖, 밤
매장 밖에서 보면, 상우가 문에 걸려있던 팻말을 'CLOSED'
로 뒤집는다.

S#6.   보람마트 안, 밤
고등어 주변으로 사장들 서 있다. 모두 침통한 분위기.

태호   (감정 누르고) 오늘 해산물 코너 지출 50만 원. 수입, (이준 보

며) 0원.

이준, 고개를 푹 숙이고 속상해한다. 호랑과 상우, 영민 그 모습을 보다가,

호랑 (위로) 이렇게 배우는 거지 뭐. 잊자. (하며 이준의 어깨를 툭 치는데)

태호 (성질 폭발) 아 이게 뭐야!! 재오픈 첫날부터 적자야!! 방송국까지 기어가서 정보 알아오면 뭐 하냐고~. 조이준! 폐업 세일 때 번 거 네가 다 까먹었어~.

호랑 (태호에게) 그게 왜 이준이 탓이야? 우리 공동의 책임이지! 꼭 그렇게 다 따져야겠어?

태호 잘잘못을 정확히 따져야 발전이 있지. 실실대면서 넘기다 계속 적자 나면? (다른 사장들보며) 우리 돈 많냐? (손가락으로 마트 가리키며) 여기에 호랑이 5년 치 적금 들어갔어!

이준 (너무나 괴롭다. 더욱더 고개를 숙이는데)

영민 (침울한) 미안혀… 나도 오늘 정신 못차렸어….

상우 (형들 보며) 저야말로 형들 도와준 게 하나도 없어요.

태호 나만 고생했지 나만!!

이준 그래, 다 내 잘못이야. 난 아무래도 장사에 소질 없는 거 같아. (작업복에 있던 명찰 떼놓고) 미안하다. (하고 나가버린다.)

상우 형~ (하면서 이준을 따라나간다.)

호랑	(열받음. 태호에게) 신태호, 왜 일을 크게 만들어! 이준이 충분히 미안해하고 있잖아. 얼른 가서 기분 풀어줘.
태호	내가 왜? 첫날부터 적자 났는데 돈 관리 담당이 그런 말도 못 해? 그리고, 조이준은 저러다 금방 풀려. 나 간다.
영민	(호랑에게) …호랑아 미안혀. 나도 오늘은 먼저 퇴근할게. (가버린다.)

결국 호랑과 예림만 남았다. 호랑, 뭐가 잘못된 건지 혼란스럽다.

S#7.   골목길. 밤

늦은 저녁. 상우, 이준을 찾아 골목길을 다니고 있다. 그때 누군가 아는 척을 하는데.

송PD	[E] 안녕하세요~.
상우	(뒤돌면 송지선 PD다. 어색하게 목례하는) 아, 네….
송PD	퇴근하시나 봐요?
상우	…네… (어색하게) 그럼…. (하고 가려는데)
송PD	…저기 혹시… 음악은 다시 안 하세요?
상우	(뒤돌아 송 PD를 본다)
송PD	다른 게 아니라, 저희 회사에서 오디션 프로를 준비하고 있

어서요. 예선에 한번 나가보는 건 어떠세요?

상우   (뜻밖의 제안에 당황스럽다) 그런 거… 한 번도 생각 안 해봤어요.

송PD   (웃음) 지금부터 생각해 보세요~ 다시 노래하고 싶지 않아요?

상우   (당황스럽다)

송PD   근데… 다른 멤버들도 보람마트에서 일하죠?

상우   (놀람) 그걸… 어떻게 아셨어요?

송PD   얼마 전에, 진성마트에서 이준 씨랑 나가는 거 봤어요. (웃음) 한번 놀러 갈게요. 오디션은 꼭 고민해 보세요. (하고 간다.)

상우, 생각에 잠긴다. 핸드폰으로 오디션 프로를 검색해 본다. 접수 대상, 예선 날짜 등이 나와 있다. 머릿속이 혼란스럽다.

S#8.   **보람마트 안, 밤**

호랑과 예림 둘만 남은 마트.

호랑   (예림에게) 너도 먼저 가…

예림   (어이없다) 이보세요. 초보 사장님. 가긴 어딜 가요~. 하루 장사가 끝나면 하늘이 두 쪽 나도 정리하고 가야 되는 거예요. (호랑에게) 뭐해요~ 저는 정산과 청소, 사장님은 고등어 정리!

호랑   (급 순한 양) 어? 어….

[cut to]

예림이 빗자루를 들고 나온다. 채소 코너 바닥에 배춧잎 등 채소 쓰레기들이 너저분하게 흩어져있다. 치우러 가는데, 갑자기 마트의 모든 불이 나간다. 정전이다.

예림   (당황해서) 어? 사장님… 사장님~~.

예림, 어둠 속에서 엉거주춤 걷다가 발밑에 뭔가(배춧잎)에 걸려 앞으로 고꾸라진다.
"아악~~~~" 매장 가득 예림의 비명이 울려 퍼진다.
예림, 정신 차려 보면, 고등어 스티로폼을 정리하던 호랑 등에 어부바 하듯 업혀있다.

예림   (놀라서 몸 떼고) 헉!! 죄송해요. (발밑에 배춧잎 보며) 미끄러져 서….

호랑   (일어나면서 안도하며) 귀신 들러붙은 줄 알았네. (예림 보며) 밑에 조심해. 내가 잡아줄까?

예림   (두 손으로 만류하며) 아 괜찮아요. 삐끗해서 안기는 멜로 클

리세 저 싫어해요.

예림, 뒤돌아 가다가 배춧잎에 뒤로 미끄러지는데, 뒤에서
호랑이 백허그를 하는 듯 양팔을 붙잡는다. 그 순간, 매장
에 불이 들어온다.
호랑, 눈만 껌벅껌벅하며 예림을 보는데. 예림 당황해하며
일어선다.

호랑   좋아하는 거 같은데? 클리셰.
예림   (얼굴 화끈거리는 거 안 들키려 고개 돌리며) …청소나 해요.
호랑   (혼잣말인 듯 아닌 듯) 난, 좋은데.
예림   (뒤돌아 호랑을 본다)
호랑   (한숨) 멜로 타령할 여유가 어딨냐…. (예림 보며) 또 정전될
          라. 빨리 치우고 퇴근하자.

예림, 어쩐지 호랑의 뒷모습이 외로워 보인다.

S#9. **골목길, 밤**
예림과 호랑, 같이 골목길을 걸어간다. 예림, 말이 없는 호
랑의 옆모습을 쳐다본다.

[INS] 플래시백

호랑   (툭) 김지나.

지나   (고개 돌려 호랑을 본다. 눈이 마주친다. 오랜만이다.)

호랑   (부탁하듯이) 다신 오지 마라.

예림   (멈춰 서서) 사장님, 지나 언니… 어떻게 알아요?

호랑   (표정이 굳는다. 정면 보고 걸으며) …어렸을 때, 잠깐 알았어.

예림   그럼 반가워해야지, 왜 오지 말래요?

호랑   …왜 그런 거 있잖아. 첫사랑은 추억으로만 남겨야지.

예림   (생각도 못 했던 얘기) 첫사랑???

호랑   지나 얘긴 하지 말자. (포토카드 꺼내 주며) 이것도 가져가.

예림, 포토카드를 받는다. 호랑은 앞서서 먼저 걷기 시작한다. 예림, 포토카드 속 지나를 보다가 호랑의 뒷모습을 바라본다. 첫사랑…이었구나….

S#10.   **보람마트 외경**(다음날, 낮)

S#11.   **보람마트 안, 낮**

영업 전. 호랑이 애타는 얼굴로 전화 걸고 있고, 이준을 제외한 사장들과 예림이 걱정스러운 얼굴로 지켜보고 있다.

영민   (걱정스럽게) 이준이는, 안 받는 겨?

호랑   (전화 끊으며) 응… (상우 보고) 어제는 어떻게 됐어?

상우   (속상) 따라갔는데 놓쳤어요.

태호   (친구들 눈치만 보고 있는데)

호랑   (태호 보며 버럭) 아 그러게 왜 애를 몰아붙여?

태호   (무안한) 아니, 그런 거 가지고 걔는 잠수를 타냐… 무단결
           근 이거. 시무 10조 위반이야. 딱밤 확정이라고.

호랑   네가 원인 제공했잖아~ 딱밤은 네가 맞아야 돼.

태호   그래! 내가 죽일 놈이다!! (얼굴을 들이밀며) 죽도록 딱밤 때
           려라!

호랑   (태호가 얄밉. 태호에게) 진짜 한번 해볼까? 어? (손가락 스냅
           장전)

예림   사장님들 왜 아침부터 싸우고 그래요~~ 남은 사람들끼리
           으쌰으쌰 해도 모자랄 판에.

호랑/태호   ….

영민   그려. 일단 우리끼리라도 장사 준비하자고.

상우   다음 미끼 상품은, 요즘 잘나가는 게 뭔지 제가 조사 좀 해
           볼게요.

호랑   고맙다 상우야. (고민에 빠지다 민수의 제안이 떠오른다.)

[INS] 플래시백

민수   (진지하게) 부동산 가서, 보람마트 안 판다고 해.

호랑   (생각보다 별거 아니어서 이상한) 원하는 게… 그게

               다예요?

민수   마트 내놓은 거 취소하면 정보 준다.

호랑   나 어디 좀 다녀올게. (나가는)

S#12.   **부동산 입구 밖 + MSG 엔터, 낮**

부동산을 나오면서 민수에게 전화하는 호랑

호랑   (통화) 보람마트 안 판다고, 부동산에 얘기하고 나오는 길이

               에요.

민수   [F] 그래 최호랑, 근데 우리 소속 가수 고사리가 나도 모르

               는 매니저랑 '헤메'를 찾던데?

호랑   (당황) 아… 그게요….

민수   (비꼬듯) 최호랑이 많이 변했네~ 매니저 사칭도 하고~.

호랑   (눈빛 단호) 마트 안 팔기로 했으니까 대표님도 약속 지키세

               요. 안 그럼 저, 뭔 짓을 할지 모릅니다.

민수   허허. 그렇게 아끼는 마트, 뺏기면 아주 눈에서 불나겠다?

               마트 잘 지켜. 나중에 엄한 사람 원망하지 말고. (하고 끊는)

| 호랑 | (민수의 말이 찝찝하다.) |

S#13. **보람마트 안. 낮**

손님 한두 명이 쇼핑하고 있고. 카운터에서 태호가 영수증 정리하고 있는데 가전 도매업자가 실실 웃으며 태호에게 온다.

가전도매	(능글능글) 설치해 드린 정육 냉장고는 맘에 드시죠?
태호	(관심 없음) 네, 뭐….
가전도매	사장님, 저희가 냉장고 사신 사장님들한테만 특가로! 캠핑 용품을 판매하고 있거든요? (브로슈어 보여주며) 이건데요. 90프로 세일이에요.
태호	(관심 없다가 깜짝) 90프로요?!!!!! (브로슈어 사진 보는)
가전도매	원래 백만 원 넘는 건데요. 신상 나오기 전에 기존 재고 털라고 파격가로 나왔어요. 여기 이 바비큐 그릴 죽이거든 요~.
태호	(완전 귀가 솔깃) 저희 누나 고기 좋아하는데~. (온통 브로슈어 사진에 마음 뺏긴) 누나 집에 두면 딱이겠다!
가전도매	(잠시 당황) 네…? 네… 집에 둬도… 좋죠. 하하. 지금 입금하 시면 오늘 바로 배송해 드립니다. 주소는 어디로…?

그때, 예림이 카운터로 와서 태호 옆에 선다. 무슨 상황인
가 살피는데,

태호   (도매상에게) 집 주소 알려드릴게요. (종이에 집 주소 쓰며 흐
          믓) 신 관장, 그걸 받고 좋아 죽겠지?

예림   (옆에서 미소) 속 썩이는 동생인 줄 알았는데 다정한 동생이
          었네요?

태호   내가… 그런가? (어린아이처럼 좋아하며 신용카드 내미는.)

S#14.   **보람마트 입구 앞. 낮**
          상우가 마트로 들어오려는데 보람마트로 오는 연습생 1, 2
          를 마주친다. 상우와 마주치자 당황하는 연습생 1.

상우   (웃으며) 나 땜에 안 오는 줄 알았는데. 왔네?

연습생 2   (머뭇대다가) 그때 알려주신 안무가… 암만 연습해도 잘 안
          돼요. 곧 있으면 월말 평간데….

연습생 1   (연습생 2에게) 그냥 가자니까~ 이런 사람들 조심해야 돼. 우
          리 데뷔하면 자기가 키웠다고 인터넷에 올린다니까.

상우   (센 척하는 연습생 1이 그저 귀여워 보인다. 웃으며) 아니? 모 그
          룹 멤버 엄청 싸가지없다고 올린 건데?

연습생 1   (진짜 쓸려나? 불안한데) 네…?

상우   (웃음) 빨리 글 올리고 싶으니까, 꼭 데뷔해.

연습생1,2   (상우 말에 진심이 느껴진다. 부드러워진 눈빛으로 상우 보는데)

상우   안무 알려줄게. 저번에 그거 맞지? (각 보여주며) 이거야. 이
            렇게… 밸런스 유지하고.

            연습생 1, 2 상우의 시범을 보며 따라하기 시작한다. 호랑,
            멀리서 걸어오다가 상우가 안무를 알려주는 모습을 지켜
            본다. 여전히 녹슬지 않은 상우의 춤 실력. 음악에 대한 열
            정. 아직 상우는 꿈을 접기에 어린 나인데… 호랑은 새삼
            상우에게 미안해진다.

S#15.   보람마트 안, 낮

            정육 코너 안. 영민, 핸드폰에서 커뮤니티에 올라온 지나의
            사진들을 보고 있다. 직찍 아래 글들 '마트에서 지나 봄'

영민   (매니저가 끌고 가는 사진보다가, 욱) 아, 막 끌고 가면 어떡햐~~.
            (속상하다. 지나 얼굴 잘 나온 직찍 보다가 한숨) 그러게 여긴 왜
            와….

            [cut to]
            태호, 손님에게 계산된 장바구니를 건네는데 전화가 온다.

누나다.

태호	(옆에 예림에게) 그릴 도착했나 봐~ (의기양양해서 전화받는데)
태영	[F] (화가 잔뜩 난) 신태호!!!! 너 뭘 주문한 거야!!
태호	(신나서) 받았어?
태영	[F] 왔다 왔어! 식탁만 한 그릴이 와서 집에 못 들어가고 계신다.
태호	뭐??? 집에 두면 딱 이랬는데?

옆에서 통화를 듣던 예림. 계산대 아래에서 브로슈어를 꺼내 본다. 도매상이 매직으로 칠했던 부분을 불빛에 비춰보니 사이즈가 보인다. 예림, 태호를 본다. 마음이 안타까운데,

예림	(태호에게) 태호 사장님, 그릴 키가 1미터가 넘어요.
태호	(놀람) 그렇게 커?
태영	[F] 너 다단계 사기당했지?
태호	…사기당한 기분은 맞는데… 누나 선물로 산 거야. 누나 고기 좋아하니까 집에서 바비큐 해먹으라고…
태영	[F] 나 고기 좋아하는 거 알면 고기를 사줘 봐. 필요 없으니까 당장 환불해! (전화 끊는)

태호, 핸드폰을 쥐었던 손이 힘없이 툭 떨어진다. 자꾸 뭘

해보려는데 안 된다. 그 모습을 옆에서 지켜보는 예림, 태호의 모습이 짠하다.

S#16. 박씨네 청과, 밤

이른 저녁. 호랑이 트럭에서 박 사장네 박스를 내려주고 있다. 지켜보던 박 사장,

박 사장   내일부턴 오지 마.

호랑   (박 사장 보며) 부담 갖지 마세요. 전 괜찮습니다. 마트에 손님이 없어서 시간도 많고요…. (표정 어두워진다.)

박 사장   (호랑의 표정 알아채고) 우리 고구마로 재미 본 게 방송 때문이었나?

호랑   네… 사실 어르신 처음 뵀을 때 우연히 정보를 들어서요.

박 사장   나도 방송 나가고 전화 많이 받았네. 그런데 우리 집 매출엔 아무 영향이 없었어.

호랑   (박 사장을 본다.)

박 사장   자네처럼 고구마 달라고 달려들어도 난 아무한테나 주지 않거든. 장사는 멀리 내다봐야 해. 꼼수에 기대면 안 되고. 일희일비해서도 안 돼. 믿을 건, 제품 그 자체야. 그보다 더 믿어야 하는 건,

호랑   (박 사장을 본다.)

박 사장	같이 일하는 동료야. 나와 꿈과 목표가 같은 사람.
호랑	!!!!!!!
박 사장	그런 사람들이 있어서 난, 20년을 이 야생에서 버텼네.
호랑	(생각에 빠진다.)

S#17. 보람마트 안. 밤

태호(사복 차림), 기가 잔뜩 죽은 모습으로 예림에게,

태호	(예림에게) 먼저 퇴근할게. (힘 없이) 그릴 가지러 가즈아…
	(가는데)
예림	태호 사장님!!

태호, 뒤돌아보는데 예림이 눈앞에 뻥튀기 한 봉지를 내민다.

태호	(의아한) …뭐야?
예림	제가 사드리는 거예요~ 갖고 가세요. 마트에서 일하는 게 뭐 어때서~ 누나분이 자꾸 사장님 뒤통수 때리시더라고요? 우리 사장님한테 그러시는 거, 별로였어요.
태호	(감동 먹었다)
예림	(야무지게 설명) 사장님, 손 날아오면, 이 뻥튀기로 딱! 막아

250

요. 방패 같은 거예요. 그거 알아요? 사람이, 사람 뒤통수
는 때려도 먹을 건 못 때려요.

태호   (뭔가 홀린) 와, 논리 쩐다… 천재네?

예림   그리고 뻥튀기 남으면, 사장님 다 먹고 기분 푸세요.

태호   (미소 지으며 끄덕끄덕) 고마워… 예림아.

태호, 뻥튀기를 보물처럼 가슴에 끌어안고 나가다가 뒤돌
아 예림이를 본다. 예림, '파이팅' 하며 태호에게 응원 제스
처를 보내자, 태호는 기분 좋은 얼굴로 간다.

상우   [E] 네, 호랑이 형!

예림   ('호랑이'란 말에 자동적으로 상우 쪽을 돌아보는데)

상우   …이준이 형 아직도 안 왔어요. 전화도 안 받고 톡에 답도
없어요.

영민   (쪼르르 달려와서 스피커폰에 대고) 이준이 그 놈은, 톡 보내자
마자 읽는데 읽씹이여. 약 올라 죽겄어.

상우   동굴 파고 핸드폰만 보고 있을까 봐 걱정이에요….

S#18.   **이준의 스튜디오, 밤**

부담스럽게 화려하고 튀는 의상을 입고 스튜디오에 서서
깨발랄 포즈를 취하고 있는 이준. 그의 앞에 설치된 카메

라에 이준의 포즈들이 동영상으로 담기고 있다.

이준   (카메라 보며) 여러분의 즐거움, 쭈니 J가 오랜만에 본업으로 돌아왔습니다!! 오늘 패션 주제는, 싼 게~ 비지떡이다! (하는 순간 손에 끼고 있던 팔찌의 구슬이 줄줄이 빠진다) 아… 말씀 드리는 순간 비지떡 1호가 사망을 했죠. 원 플러스 원이었는데… (하다가 문득)

[INS] 플래시백
고등어 스티로폼 박스 앞에 이준
이준   원 플러스 원. 나 잘했지?

이준   (생각할수록 열받. 그러다 다시 표정 추스르고 카메라 보며) 여러분, 비지떡 2호! 소개할게요. (코트 입으며) 짠~, 여기 반짝이는 게 스팽글인데요. (하며 코트를 손으로 쓱 문지르는데 스팽글이 후드드 떨어진다) 하… 4만 원짜린데, 소금같이 떨어지네요. 소금… (하는데 또 마트에서의 일이 생각난다.)

[INS] 플래시백
아줌마손님3   이걸 어떻게 집에 가서 손질해~ 왜, 소금 없어요?

이준   (머리채를 붙잡고 괴로워하며) 그놈의 고등어~~ 고등어 한 손
        은 또 뭔데? 딴 생선은 마리로 세잖아. 왜 고등어 지만 유
        난을 떨어~ 앞으로 고등어 상종을 하나 봐라.

        그러다 침통해진다. 결국 카메라로 가서 녹화 버튼을 꺼 버
        린다. 그러고는 옷걸이로 시선을 돌리는데, 마트에서 입었
        던 작업복이 걸려있다.

이준   (한숨 쉬며) 애들이랑 다시 잘해보고 싶었는데….

        그때, 스튜디오 문을 쾅쾅 두드리는 소리가 난다. 가서 열
        어보면 호랑이다. 이준의 옷차림을 보고

호랑   죽상일 줄 알았더니, 역시 구독자 440명 패셔니스타 맞네.
        (흰 스팽글 코트 보더니) 소금 컨셉이냐? (하며 들어온다)
이준   (스튜디오 안으로 걸어오며) 마트 얘기하러 온 거면 가라. 생
        각만 해도 징글징글하니까.
호랑   (따라들어오며 천연덕스럽게) 마트 얘기하러 온 거 아니거든.
        너 우울할 거 같아서 선물 사 왔다. 패션 영상 찍을 때 써 봐.
이준   (뒤돌아 호랑 보고 반색하는) 선물???
호랑   슬리펀데 맞나 신어 봐. (하고 쇼핑백에서 꺼내 던져주는데)
이준   아 깜짝이야!! (하고 보면 고등어 모양의 슬리퍼) 야!!!!

호랑	맘에 안 들어? 그럼 인형. (하고 던져주는데 팔딱거리는 고등어 인형)
이준	(더 화들짝) 아~~ 징그럽다고~~ 괴롭히러 왔냐?
호랑	진짜 마지막 선물이다. 콘텐츠 공부 열심히 하라고 필통.
이준	(앞에 고등어 모양의 필통이 떨어진다) 최호랑 너… 사람 놀리는 데 언제부터 이렇게 진심이었냐?
호랑	솔직히 말해 봐~. (고등어 선물들 들어 보이며) 너 맘에 들지? 그지?
이준	(어이없다는 듯 픽 웃다가 슬쩍 슬리퍼로 눈길) 아니 슬리퍼는 살짝…
호랑	(그제야 같이 웃으며) 이준아… 우리 이렇게 한번 웃고 지나가자.
이준	…진짜 웃은 줄 알아? 억지로 웃었다, 억지로.
호랑	아 억지로라도 웃어보자 우리.
이준	(괜히 민망해서 딴 데 본다.)
호랑	그렇게 버텨보자. 그깟 고등어, 안 팔면 어때~. (하고 테이블에 슬쩍 명찰을 올려둔다.)
이준	(애써 명찰을 외면한다.)
호랑	(태호에게 전화가 온다. 받는) 어, 왜! 누나 집??? (한숨) 알았다 갈게. (이준에게) 내일은 출근해라. 무단결근이면 딱밤 알지?

호랑, 이준의 어깨를 툭 치고 간다.

이준, 그제야 호랑이 두고 간 명찰을 본다. 호랑의 선물들도 쭉 본다. 그중 고등어 필통을 집어 지퍼를 열어본다. 반이 갈라지며 간고등어 구이가 나온다.

이준   …간고등어네.

이준은 고등어 필통의 지퍼를 닫았다 열었다 해본다. 뭔가 생각이 떠오른다. 핸드폰으로 검색하기 시작한다. 영상에서 들리는 간고등어 달인의 낭랑한 목소리. 보면서 고등어 필통 잡고 따라 해 보는 이준

달인   [E] 고등어 염장 꿀팁 나갑니다~~. 왼손과 오른손이 박자에 맞춰서 타다닥~ 왼손으로 고등어 들고, 오른손에 소금을 잡고~ 반원을 그려주면서 뿌려~ 여기서 반원, 중요합니다~!!

영상 보는 이준의 눈. 그의 오른손은 소금을 착착 뿌리는 스냅을 따라 하고 있다.

S#19. **호랑의 트럭 안, 밤**
달리는 호랑의 트럭 짐칸에 커다란 그릴이 실려있다. 호랑

은 운전하고 있고 조수석에 탄 태호는 차창 유리를 내리더
니 밖에 대고,

태호   세상의 양아치들아~~~ 나한테 그만 좀 들러붙어라~~~!!!

호랑   (운전하며) 까불거리기나 하지. 너는 사기당하기 딱 좋은 캐
         릭터야. 저 그림 어떡할 건데~

태호   (풀 죽어서 정면 보고) …환불도 안 해주고 누나도 싫다는데
         마트에 놓고 팔아야지… (한숨) 아 우울해….

호랑   나도 당 땡긴다. (태호 옆에 뻥튀기 슬쩍 보며) 그거 좀 줘봐.
         먹자.

태호   (화들짝) 이거? 안 돼. (하고 뻥튀기를 가슴에 품는)

호랑   야! 트럭 운반비가 얼만 줄 알아? 뻥튀기 갖고 치사하게.
         좀 먹자~

태호   아 싫어, …선물 받은 거야.

호랑   천 원 줄게. 3개만 줘.

태호   만 원을 줘도 안 준다 짜샤.

호랑   하~~ 치사한 새끼~~~, 너 차비 내!

태호   차라리 차비 낼게! (하고 뻥튀기를 보는데 예림의 말이 떠오른다.)

예림   [E] 뻥튀기 남으면, 사장님 다 먹고 기분 푸세요.

태호   (뻥튀기를 보며 은근한 미소가 떠오른다.)

S#20. **보람마트 창고, 밤**

창고 문을 열고 들어오는 태호. 그 뒤에서 낑낑거리며 그릴을 들고 오는 호랑.

태호   일단 여기에 놓자.

호랑   (그릴 내리며) 야! 왜 나만 들어?!

태호   (가다가) 야, 누가 있는데?

호랑과 태호, 창고 안쪽으로 들어가 보는데 이준이 있었다!! 테이블 위에 영민의 도마와 칼을 놓고, 이준은 그 옆에 스티로폼 박스에서 고등어를 가져다가 반을 갈라 손질을 하고 있다. 깨발랄한 평소와 달리, 처음 보는 진중한 표정이다. 손질된 고등어는 옆에 소금 박스로 옮긴다. 고등어 안에 짧고, 굵게 소금을 뿌리는 이준의 손 스냅! 그 모습을 지켜보는 호랑과 태호는 크게 놀란다. 저게 과연 이준이란 말인가. 감탄을 하던 호랑과 태호, 절로 박수가 나오려는데 그때,

이준   (테이블 위에 고프로 카메라를 향해) 보셨죠!! 소금을 터는 저의 현란한 스냅!!! 이렇게 해서 고등어 두 마리를 겹치면, 간고등어 한 손 완성입니다~ (고프로 끄고) 아우… 내 손목…

호랑   (그 앞에 나타나며) 얘는 지금 조 사장이야, 쭈니 J야?

그러다 태호와 이준 서로 눈 마주치는데 어색하고 뻘쭘한.

태호   (괜히 툴툴) …이거 왜 하는 거냐. 브이로그?

이준   (민망해서 괜히) …그래! 나 수산물 채널할 거야!

영민   [E] 내 도마, 칼 어디 간겨~~~?

창고 안으로 영민과 상우가 들어온다.

상우   (이준 보며 좋아서 뛰어오는) 이준이 형!!!

호랑   너네 이 밤중에 왜 나왔어?

상우   내일 장사가 걱정돼서요. (미소) 근데… 괜히 걱정했네요.

영민   (박스 안 고등어 보며) 아이구야~ 이 많은 고등어를 다 연습
        한 겨?

이준   (으쓱해져서 허세) 할 만했어. (미소)

스티로폼 안에 고등어들이 자반고등어로 손질되어 가지런
히 놓여있다. 그 모습을 보고 흐뭇한 호랑. 태호에게

호랑   봐라~ 네가 놀려먹은 이준이가 이만큼 연습했어. 비린내
        다 참고.

태호   (이준 눈 못 마주치고 뻘쭘하게) 뭐, 애는 썼네….

이준   (태호에게) 나 엄청 애썼어. 또 적자 내서 민폐 끼칠까 봐.

태호	무슨 또 민폐냐? 우리 사이에….
이준	폐업 세일로 번 거 내가 다 까먹었대매~.
태호	나도 캠핑 그릴 사기당해서 돈 날렸어. 누나 카드로 긁은 건데 그거까지 들통나면 나 죽었어.
영민	니 돈 아니고 누나 카드였던겨? 야… 태호 니가 진상은 진상이다.
태호	나중에 다 갚을 거야~~ 그럼 이쯤에서, 영업 중 무단이탈한 조이준에게 딱밤 정산 실시하겠다.
이준	(화들짝 놀라 양손으로 이마 사수하며) 내가 왜?!! 야, 너희들도 그 상황에선 뛰쳐나갔을걸? …내가 민폐인가 싶어서 없는 게 낫다고 생각한 거야.

이준의 말을 듣고 나머지 사장들 모두 숙연해진다. 그때 호랑이 고개 들며,

호랑	그럼, 원인 제공자 신태호 딱밤. (하며 태호에게 다가간다.)
태호	(어이없음) 아 왜~~.
호랑	네가 때리라며~.
영민	(재밌어 죽겠다) 요번 딱밤은 이준이한테 기회를 주자고.
이준	(신나서 나서는) 오케이! (소금 뿌리는 시늉하며) 소금 치는 스냅으로 때려주겠어~~.
상우	(웃음) 한방에 끝내주세요 이준이 형~.

태호	(포기) 야 살살해~.
이준	(태호에게 가며) 일루 와. 하나~~ (하더니 '둘'과 동시에 딱밤) 둘!
태호	꺄아악~~~~~~! (호들갑스럽게 이마 비벼댄다.)

그 모습을 보고 배꼽 빠지는 멤버들. 오랜만에 모두 환하게
웃는다.

S#21. **보람마트 외경**(다음날, 낮)

S#22. **보람마트 안, 낮**

패셔너블한 장화와 푸른빛 패션, 고등어 모자를 쓰고 수
산 코너에 자리 잡은 이준.
앞에 쌓여있는 스티로폼 박스를 열면 등 푸른빛이 영롱한
고등어들이 누워있다.
그 앞에 와서 구경하고 있는 호랑, 태호, 상우.

상우	(와서 고등어 보며) 오~~ 이번 건 달라 보이는데요?
이준	내가 수산시장 가서 사기당한 썰을 한참 풀었거든? 그랬더니, 안 됐다고~~~ 좋은 고등어 주셨어! 빛깔 보이지?
영민	[E] 얘들아 맛도 대박이여~~.

사장들 뒤돌면, 영민이 일회용 접시 위에 고등어구이를 올려놓고 먹는다.

호랑 (어리둥절) 웬 고등어구이야??

영민 (쩝쩝) 내가 개시했어. 아 계산은 했다~.

이준 (놀람) 그게 내 고등어라고? 어디서 구웠어?

영민 창고에 그릴 있길래 숯 넣어서 구운겨. 불맛 나고 맛 좋구면~.

태호 (왕짜증) 뭐?! 야 그거~ 팔 건데 쓰면 어떡해~~~~.

영민 (개의치 않음) 왜 팔라 그랴? 여기 갖다 놓고 쓰면 좋겠구먼? 팔지 말어~~. (웃음)

태호 (한숨) …나 진짜 누나한테 죽었다….

손님1 [E] 어머, 마트에서 생선을 구워주네?

사장들 돌아보면 손님 1, 영민이와 상우가 생선 먹는 모습을 군침 흘리며 먹고 있다.

이준 (반가워하며) 손님!!!! 진성마트 안 가셨네요?

손님1 이제 보람마트에서도 생선 파는 거야?

이준 신선한 고등어에 저의 소금 스냅이 들어간 명품 고등어를 한 손 6천 원에 모십니다~.

손님1 (좋아하며) 한 손 줘봐요. 구워주는 거지?

이준	구우라고요?!!
태호	(옆에서 잔머리 굴리더니) 구이는 마리당 500원 추간데요.
손님	(쿨하게) 그래요. 구워줘요.
태호	(영민에게) 영민아, 숯 채워라.

영민, 상우에게 생선 먹여주다 눈 똥그래지는.

S#23. **보람마트 매장 입구. 낮**

마트 앞에서 바비큐 그릴을 놓고 영민이 바쁘게 고등어를
굽고 있다. 상우는 손님들에게 생고등어를 받아 영민에게
건네준다. 그릴 앞으로, 고등어가 담긴 일회용 용기를 들고
손님들이 쭉 줄을 서 있다.

S#24. **보람마트 안. 낮**

이준의 고등어 앞에도 손님들이 모여 있는데, 그때, 검은
모자 쓴 남자 손님.

지욱	(놓여 있는 고등어의 꼬리를 잡고 쓱 들어서 본다)
이준	(살펴보다가) 한 마리 드릴까요? 손질은 어떻게…
지욱	(피식 웃으며 고등어 탁 놓고) 뭐 맘대로… (뒤돌아 간다.)

이준   (뭔가 이상한 손님 지켜보다가) 손질해 놓을게요. 돌고 오세요
~.

S#25.   보람마트 입구 밖, 낮

매장 입구에 서 있는 도윤, 시선은 온통 고등어구이에 가
있다. 숯을 가지고 나오는 호랑, 그런 도윤을 보고 알은체
한다.

호랑   라면 사러 왔어?

도윤은 대꾸도 없이 고등어만 보다가 침이 꼴깍 넘어간다.
호랑, 눈치를 채고,

[cut to]
호랑, 도윤 앞에서 고등어구이를 손에 들고.

호랑   (도윤 보란 듯 연기 톤으로) 이거 아까워서 클났네. (영민에게)
영민아, 꼬리 뜯어진 고등어 팔면 안 되겠지? (눈 찡긋)

상우   (알겠다는 듯) 진짜 진짜 맛있는 고등언데 아깝다~

영민   힘들게 구운 거여~~ 버리면 나 울 껴~.

호랑   (도윤에게) 도윤아, 네가 사줘야겠다.

도윤	(그제야 호랑 보며) 네??

호랑	버리긴 아깝고, 제 가격에 팔긴 미안하고… 네가 천 원에
	사주라.

도윤	(얼굴이 환해진다) 네, 제가 살게요. (고등어 받고 천 원 준다.)

호랑	(미소) 밥은.

도윤	집에 밥은 있어요.

호랑	그래, 천 원에 불량 고등어 사줘서 고맙다. 어서 가서 먹어.

도윤	네!! (웃으며 인사하고 가려다가, 바닥 어딘가 가리키며) 어? 저기
	뭐 떨어졌어요.

도윤, 가서 가면 주워 본다.

호랑	뭔데?

하고 도윤의 옆으로 와서 보는 호랑. 그 순간 호랑의 표정
이 싹 변한다. 도윤이 주운 건, 가면남의 가면. 이게 대체
왜 여기 있는 건지 머릿속이 혼란스럽다.

S#26. 보람마트 입구 밖, 낮

그릴에서 허리 숙여 고등어를 정성스럽게 굽고 있는 영민,
그때 누군가

지나   [E] 목걸이 찾으러 왔어.

영민, 굽고 있던 손을 멈춘다. 목소리만 들어도 안다. 영민의 바로 앞에서 마스크를 쓰고 있는 지나가 영민을 바라보고 있다.

영민   (고등어 구우면서. 서울말) 버렸잖아. 그렇게 다 정리하자.
지나   (서운함) 나 안 보고 싶었어?
영민   응.

하고 자리를 피하려는 듯 돌아서 마트 안으로 들어가려는데 지나가 영민의 손목을 잡는다.

지나   근데 넌, 그 목걸이 왜 하고 있는데?
영민   (당황하면서 끈 감춘다.)
지나   너도 안 버리고 있었잖아~.

영민, 이러지도 저러지도 못하는데 줄 서서 고등어구이를 기다리던 손님들이 웅성거린다. "누구야??" 점점 지나에게 시선이 주목되는데, 그 순간, 영민이 손을 뿌리치고 마트 안으로 뛰어들어간다.

S#27.   **보람마트 안, 낮**

카운터에 예림이 앉아있고, 태호는 입구에서 일회용 고등어 접시 담긴 봉지를 양손 가득 들고 있고, 그 옆에 호랑이 숯덩이 들고 나가려는데 영민이 후다닥 뛰어들어와 정육 코너로 들어가 버린다. 호랑과 태호, 무슨 영문인가 해서 마트 밖을 보면, 지나가 문밖에서 안을 보고 있다. 예림 역시 문밖에 있는 지나를 한눈에 알아본다.

예림   (놀라며) 지나 언니…?

지나, 마트 안쪽을 원망스럽게 보는데 매니저가 와서 지나를 데리고 간다. 태호 역시 상황을 눈치챘다.

태호   (매장 안 손님들을 향해) 손님들~ 그릴 셰프가 도망을 간 관계로 죄송하지만 이 시간부터 생선구이는 셀프입니다~~.

손님들, 손에 생고등어 들고 "뭐야~" 불평이 터져 나온다. 그러다 태호에게,

고등어손님1   아저씨가 구워주면 되잖아~.
태호   (당황) …제가요?

태호, 손님들에게 등 떠밀려 나간다. 호랑, 문밖을 바라보고 고민에 잠긴다. 그런 호랑의 표정을 예림이 캐치한다. 지나를 아련하게 보는 호랑을 계속 지켜본다.

S#28. **예림 집 주방, 밤**

식탁에 앉아서 멍하니 생각에 잠겨있는 예림

[INS] 플래시백

지나가 간 쪽을 아련하게 보았던 호랑

호랑   …왜 그런 거 있잖아. 첫사랑은 추억으로만 남겨야지.

예림   (멍해서) …첫사랑이었구나…

하고 쓱 가스레인지 쪽을 보는데 프라이팬 위 고등어에서 연기가 모락모락 나고 있다. 온통 흰 연기가 주방에 가득해져 있는데,

예림   아악~~~~!!!! 고등어~~~!!!!

콜록콜록 기침을 하며 가스레인지로 뛰어가서 불을 끄고

부채질을 해봐도 연기가 가라앉지 않는다. 눈도 매워서 눈
물까지 나는데…

보람마트에 불이 켜진다. 태호가 캐리어를 끌고 기운 없이
들어와 카운터에 앉는다.

태호   그릴 사는데 카드 좀 썼다고, 하나밖에 없는 동생을 쫓
            아 내? (그러다 마트 둘러보면 썰렁~) …근데… 여기서 어떻게
            자….

            태호, 앞이 깜깜한데 계산대 아래 '월세 계약서'가 보인다.
            보면 '최호랑' 이름과 주소가 나와있다. 회심의 미소를 짓
            는 태호.

태호   잘 데 찾았다!

열려 있는 대문 안으로 캐리어를 끌고 들어가는 태호. 두리
번거리다가 불 꺼져있는 호랑의 방 앞으로 가본다.

태호   (긴가민가하며 불러보는) 최호랑~, 여기 아닌가? (그러다 위층을 올려다보는데 불이 환하게 켜져 있다) 저긴가…?

[cut to]
캐리어를 들고 계단을 올라가 예림 집의 현관으로 가는데 현관문이 열려있고, 안에서 흰 연기가 새어 나온다.

태호   (놀람) 헉 불인가? (갑자기 확 겁이 난다. 현관 안으로 뛰어들어가며) 호랑아~~~!!!!! 최호랑~~~~!!!!!

S#31.   **예림 집 안, 밤**

예림 집 안으로 뛰어들어간 태호 앞에 나타난 호랑과 예림. 예림은 눈물, 콧물투성이다. 뜻밖의 투 샷에 태호는 놀라는데,

태호   둘, 둘이 여기서 뭐해? 왜 같이 있어?!!

태호를 보며 당황해하는 호랑과 예림의 얼굴에서.

5화 엔딩

감사합니다.

이신영

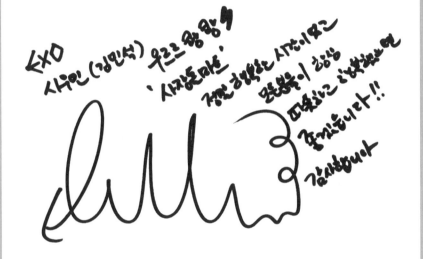

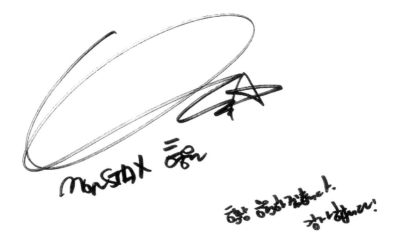

사장똥마트 영민 최원명

영민을 만나 행복했습니다
- 최 원 명 -

사장돌마트 상우 　이세온

이 세 온.
2023.

사장돌 윤상우를 만나게 되어서

정말 행복했습니다. 사장돌마트를 시청해주시고

사랑해주신, 그리고 함께 작업해주신 모든분들께

진심으로 감사드립니다. Thank you, everyone ♡

사장돌마트 예림 최정운

너무나도 매력적인
예림이를 만나게해주셔서 감사합니다 ♡

장정원 대본집

사장돌마트 vol 1.

1판 1쇄 인쇄   2023년 10월 22일
1판 1쇄 발행   2023년 10월 30일

지은이   장정원
발행, 편집   투래빗
디자인   studio fttg

주소   서울시 도봉구 방학로 11길 30, 2층
팩스   0504-360-6780
이메일   2rbbook@gmail.com

저작권자   ⓒ 장정원, 2023

ISBN   978-11-984741-1-7 (04680)

978-11-984741-0-0 (04680)(세트)